세계 유일의 방사

1

천중화 장편소설

FUSION FANTASTIC STORY

세계 유일의 남자 1

천중화 장편 소설

초판 1쇄 찍은 날 § 2013년 4월 23일
초판 1쇄 펴낸 날 § 2013년 4월 30일

지은이 § 천중화
펴낸이 § 서경석

편집부장 § 권태완
편집책임 § 어정원

펴낸곳 § 도서출판 청어람
등록번호 § 제1081-1-89호
등록일자 § 1999. 5. 31
어람번호 § 제1-1589호

주소 § 경기도 부천시 원미구 심곡2동 163-2 서경B/D 3F (우) 420-822
전화 § 032-656-4452 팩스 § 032-656-4453
http://www.chungeoram.com
E-mail § chungeorambook@daum.net

ISBN 978-89-251-3263-1 04810
ISBN 978-89-251-3262-4 (세트)

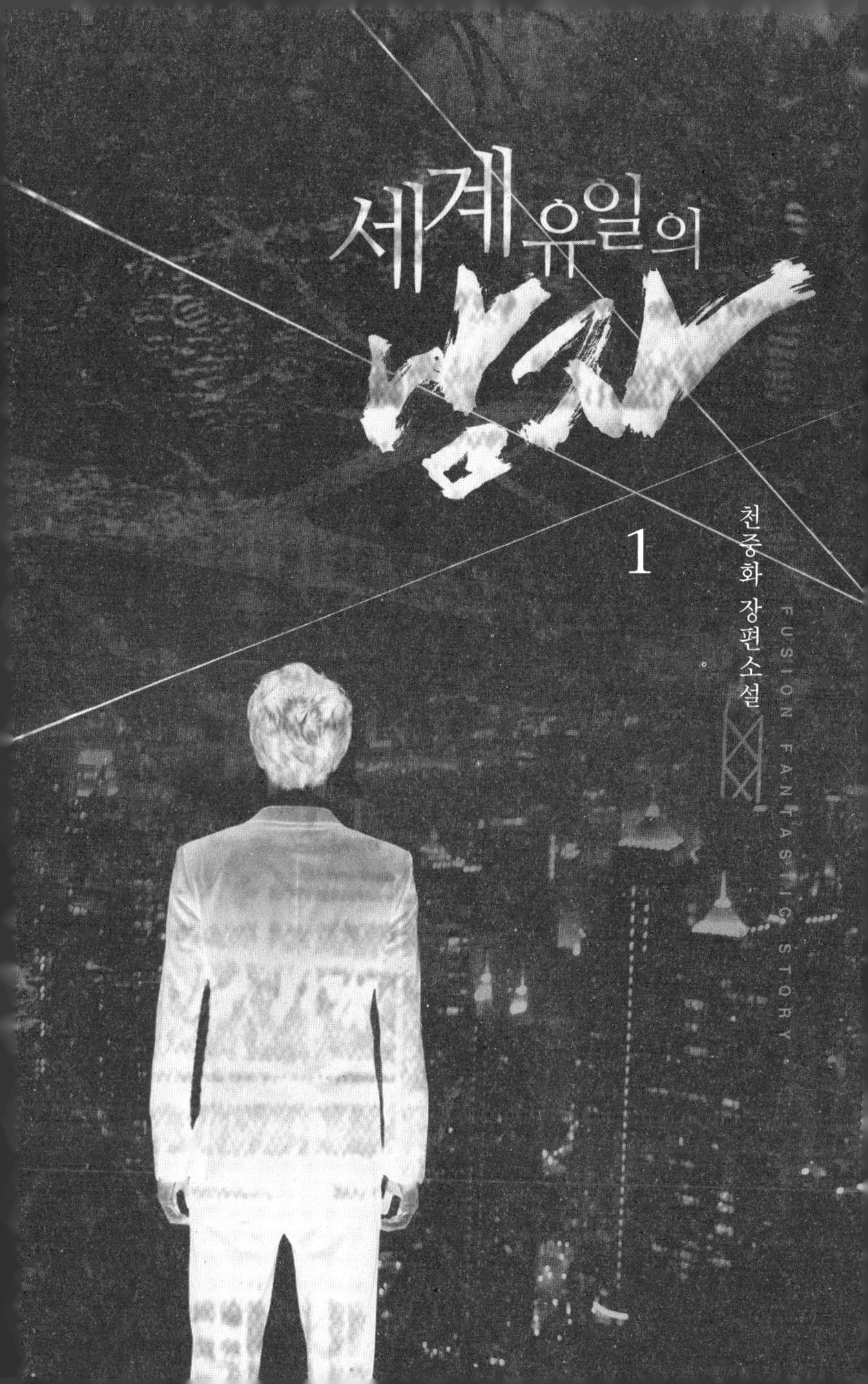
세계 유일의
남자
1
천중화 장편소설
FUSION FANTASTIC STORY

CONTENTS

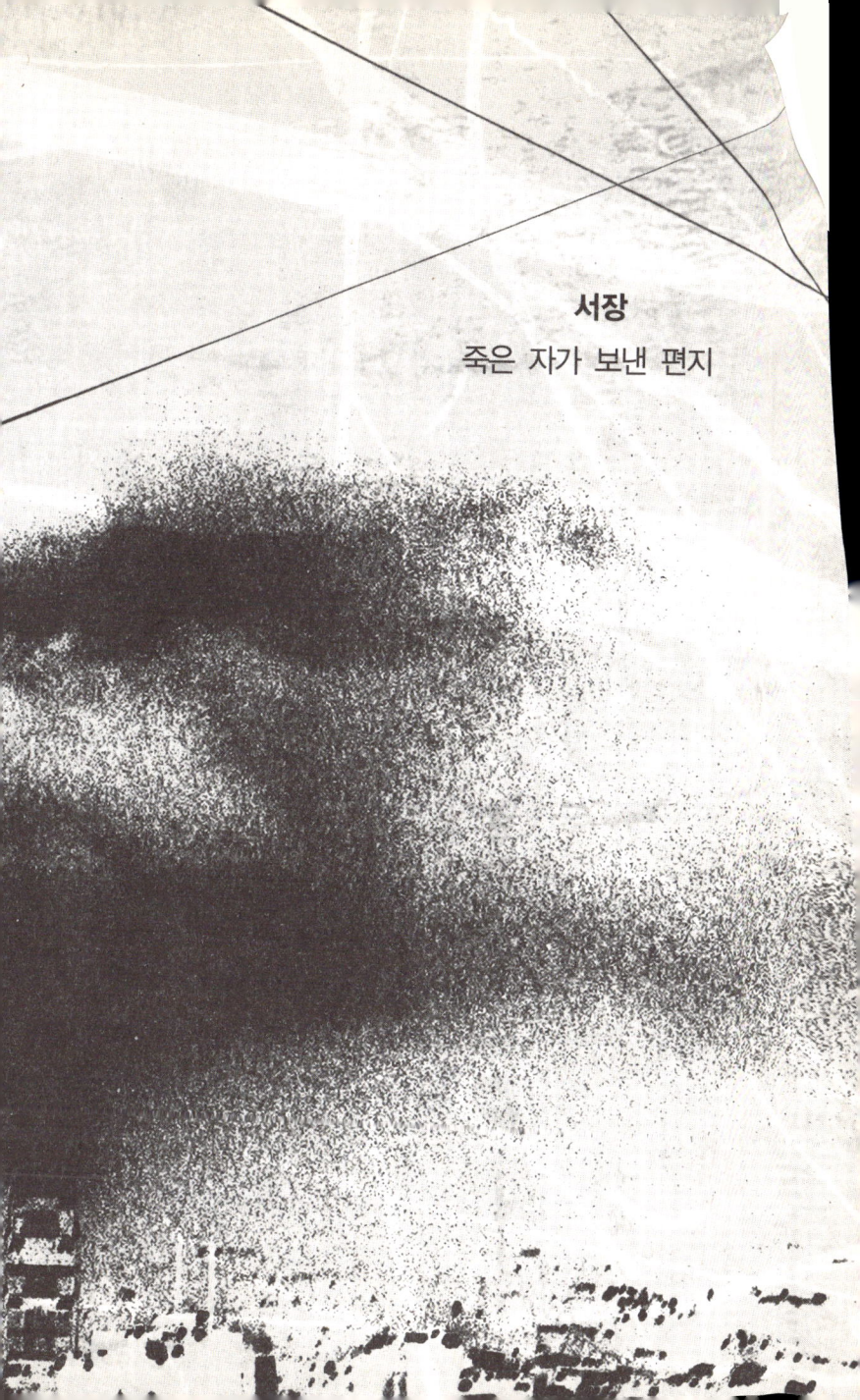

서장
죽은 자가 보낸 편지

세계 유일의
남자

타타탁!

Dear my son Wany……

손톱을 짧게 깎은 손가락이 익숙하게 노트북 키보드를
두드렸다.
워드를 잘못 배운 듯 엄지와 검지만을 이용해 치는 전형
적인 독수리 타법이었다.
드르륵!

사랑하는 아들 와니에게……

영타로 쳤던 Dear my…를 지우고 다시 한타로 쳤다.

지금 아빠 옆에 누가 있는 줄 아니?

놀라지 마라. 이 아빠가 첫 번째로 사랑하는 사람 와너 엄마가 자고 있단다.

미안하다. 사실 아빠가 아들을 쫌 더 사랑하는데 엄마 눈치가 보여서……

진짜 아빠도 몰랐다.

이번 대통령님 방미 수행원 중에 네 엄마가 포함돼 있을 줄이야.

뭐, 재경부의 통상국장이니까 어찌 보면 당연한 일이지만 말이다.

왜 이제야 말하냐구?

엄마 아빠가 미국에 갈 땐 각자 다른 비행기를 탔고 미국에 도착해서도 서로 얼굴도 보지 못할 만큼 무지무지 바빴거든.

외교부의 국장 중에 가장 젊은 국장인 북미주 담당인 김혁중 이사관이었다.

지금 김 국장은 외교부를 대표해서 최성일 대통령을 수행하여 오박 육일의 미국 방문을 마치고 중국 북경을 경유하여 KAL002 특별기편으로 귀국하는 길이었다.

김 국장은 외교부 직원들이 다 아는 아들바라기였다.

하루에 한 번은 꼭 아들에게 이메일을 보냈다.

올해 열세 살인 김 국장의 아들은 일본에서 초등학교를 다니고 있었다.

지난 이틀 동안 북경에서 철야를 거듭할 만큼 중요한 회의가 있어서 사흘만인 오늘 저녁에야 짬을 내어 비행기 내에서 아들에게 보낼 메일을 작성하고 있는 것이다.

아들에게 편지를 쓰다가 잠깐 화장실에 다녀오면서 아주 재밌는 사실을 발견했다.

흐흐! 아빠 엄마가 타고 있는 이 비행기에는 이번 FYX계획, 차세대 무기구입 정책에 반대하는 담당자들이 모조리 모여 있구나.

외교부 북미국장인 아빠, 재경부의 통상국장인 엄마, 국정원의 민 차장님, 국방부의 김 장군님, 카이스트의 오 실장님, 국방연구소의 박 부장님 등등.

근데 아들! 이게 말이 되냐?

아무리 최첨단 미사일 방어 체계라고 해도 그렇지 검증조차 되지 않은 MMDX1 미사일 방어 체계를 무조건 사가란다.

그것도 무려 100조 원이나 주고! 기가 막혀서……

이 MMX라는 군수업체가 미국, 영국, 프랑스, 일본 등의 욕심 많은 무기 상인들이 만두 다국적 회사라서 그런지 대놓고 공갈 협박을 하는구나.

빌어먹을 놈들! 대한민국을 완전히 봉으로 알아?

미안 미안!

왜 아빠가 이런 말들을 아들에게 하지?

이해해, 아들! 아빠, 열 받았거든.

"당신, 피곤하지도 않아요? 이틀을 꼬박 새면서 회의를 하고 또 무슨 일을 해요?"

옆자리에 앉아 있던 김 국장의 부인이자 재경부의 통상 국장인 박현숙 이사관이 너무 피곤해 잠이 오지 않는 듯 핏발이 선 눈을 부스스 뜨며 입을 열었다.

"쉬는 중이야. 아들에게 편지를 쓰는 중이거든."

김 국장이 미소를 지으며 대답했다.

"후우…… 완이에게요? 그 녀석 지금 잘 시간 아니에요?"

"NO! 지금 스윙 연습할 시간이야. 아침저녁으로 꼭 오백 번씩 하라고 했거든."

"당신도 참! 난 너무 피곤해서 잘래요. 완이한테 보낸 뒤 답장 오면 보여줘요."

"OK! 잘 자라고. 좋은 꿈꾸고."

박현숙 이사관이 스르르 눈을 감자 김 국장이 조심스럽게 이불을 덮어줬다.

타타탁!

다시 김 국장이 독수리 타법을 이용해서 능숙하게 키보드를 때렸다.

아들! 엄마가 말시켜서 잠깐 얘기가 끊겼다.

큰할머니한테 한국에 오구 싶다고 했다면서? 조금만 참아!

곧 겨울 방학이 시작되잖아. 그때 아빠가 데리러 갈게.

그리고 골프 연습은 열심히 하겠지?

아빠가 월급의 반을 쏟아부으며 아들을 일본에 유학시키는 이유 중 하나가 골프 때문이라는 거 명심해!

아빠가 골프 마니아라서 잘 알아.

골프는 우리나라보다 일본에서 배우는 게 훨씬 좋아. 시설이나 장비가…….

한데… 저 비행기 뭐지?

김 국장이 특별기의 창밖을 쳐다보며 자신도 모르게 엉뚱하게 키보드를 두드렸다.

흰색 원 안에 붉은색 별……. 인공기잖아?! 북한 비행기야!

서, 서긴 또 뭐야! 미사일!

꽝!

　김 국장이 아들에게 쓰던 메일을 반쯤 썼을 때, 순식간에 큼직한 미사일 하나가 날아와 KAL002 특별기를 마치 장난감 비행기처럼 산산조각 냈다.

　동시에, 김 국장은 아들에게 쓰던 메일을 그대로 송신 버튼을 눌렀다.

　그리고 비행기는 폭발했고, 그들은 사라졌다.

　1997년이 저물어가는 초겨울에 벌어진 KAL002 특별기 격추 사건.

　아이러니하게도 이 사건이 발생된 지 꼭 한 달 만에 대한민국 정부는 국민들의 폭풍 같은 분노 속에 다국적 군수업체인 MMX와 MMDX1 미사일 방어체계를 도입하기로 계약했다.

　그리고… 대한민국 정부의 엘리트 요원 69명을 태운 특별기가 북한군이 훈련 중인 북한 영공으로 들어가자 북한의 최신형 전투기 미그29가 쏜 스커드 미사일에 격추된 KAL002 특별기 사건은 점차 20세기 최대의 미스터리 사건으로 묻혀 갔다.

　단 한 명!

비행 중인 비행기 안에서는 발송이 안 되어야 정상인 메일을 받은 열세 살짜리 소년.

이 소년만은 결코 이 사건을 잊지 않았다.

1장
골프의 황제

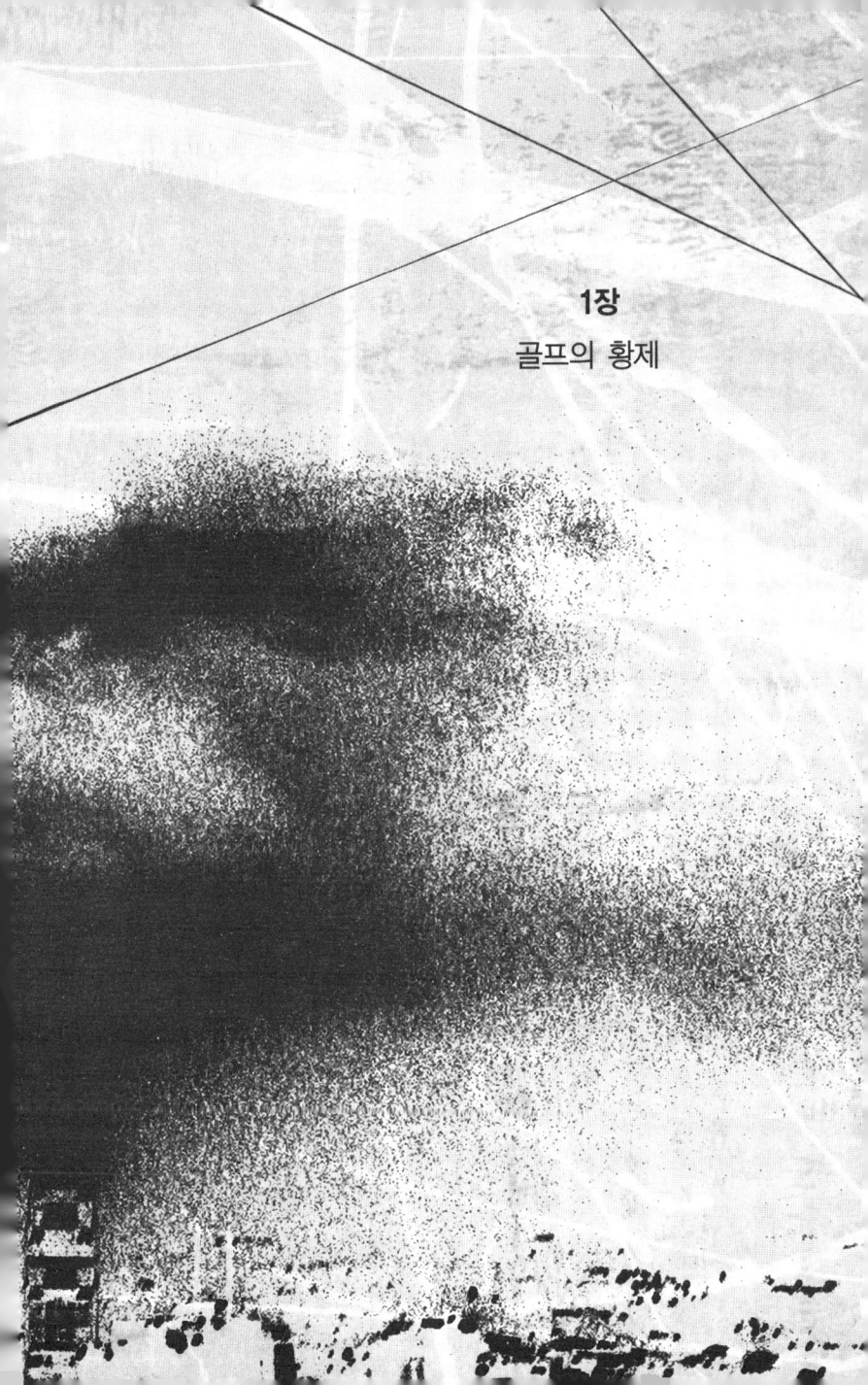

세계 남자 골프 대회 가운데 4대 메이저 대회 중 하나인 2009년도 마스터스 골프 대회 마지막 4라운드가 열리고 있는 미국 조지아 주 오거스타 골프장의 하늘은 손톱으로 팅기면 쨍하고 소리가 날 만큼 맑았다.

　차박차박!

　김완이 선배 골퍼이자 캐디인 양필훈과 함께 아름답게 단장된 18홀로 향하는 페어웨이 천천히 걸어갔다.

　—하아참! 김완 선수는 언제 봐도 잘생겼어요. 저 갸름한 얼굴과 큼직한 눈, 짙은 눈썹에 깎아 붙인 듯한 콧날까지⋯

부티, 귀티가 함께 풍겨요.

─핫핫핫! 전 개인적으로 김완 선수의 잘생긴 용모보다 저 후리후리한 키와 당당한 체격이 탐납니다. 185센티에 89킬로그램! 동양인 남자로선 환상적인 몸매 아닙니까?

─오늘 보니까 유두호 해설위원께서 늘 칭찬하시는 것처럼 김완 선수의 골프 실력이나 외모와 체격은 동서양의 엑기스만을 뽑아놓은 것이 분명하군요. 아하하!

─그렇습니다! 김완 선수는 아주 어릴 때부터 잘 조련된 내추럴 골퍼입니다. 그 결과 지금 마스터스 대회 삼연패를 눈앞에 두고 있고요!

내추럴 골퍼 김완이 한 손에 샌드웨지를 잡은 채 초록색 유리알처럼 깎아 놓은 그린 위로 올라갔다.

번쩍!

김완이 샌드웨지를 든 채 그린 위에 우뚝 서서 눈을 빛냈다.

샌드웨지란 골프공이 모래 웅덩이 등의 함정에 빠졌을 때 치는 골프채를 말한다.

─역시 김완 선수……. 대단한 포스군요. 김완 선수가 예전에 인터뷰에서 어릴 적 무술을 익혔다죠? 그래서 그런가요? 저럴 때 보면 꼭 어떤 무사가 칼을 들고 상대를 노려보는 듯해요.

—핫핫! 꼭 무술을 익혀서 그런 것이 아니라 어느 종목의 운동이든 고수가 되면 저런 기가 풍긴다고 하죠? 테니스나 배드민턴 경기를 할 때 상대 코트에 엄청난 선수가 들어서면 공을 줄 곳이 없지 않습니까?

—하하, 하긴 그렇죠. 김완 선수의 골프 실력을 바둑에 비교하면 입신의 경지라는 9단쯤 될 테니까요.

—아니죠! 작년에 9단쯤 되는 타이거 우즈나 필 미켈슨 어니웰스 등을 모조리 꺾었으니까 10단이라고 봐야 맞습니다.

—아하하하, 그런가요?

그때, 김완이 그린을 찬찬히 살핀 뒤 모래가 잔뜩 담긴 벙커로 내려갔다.

—김완 선수 위깁니다. 마스터스 마지막 4라운드 파4의 18홀, 두 번째 샷이 약간 짧아서 그린에서 오 미터쯤 떨어진 벙커에 공이 빠졌습니다.

—괜찮습니다 김완 선수! 현재 이 위인 가르샤와는 네 타 차이나 되니까 마음 푹 놓고 침착하게 마무리해서 이 위기를 벗어나면 됩니다.

—여기서 최소한 보기나 더블 보기로 막기만 해도 올 2009년 〈그린재킷〉의 주인공도 김안 선수가 되죠.

—힘! 팬들께서는 안심하셔도 좋습니다. 저는 대표 팀

감독으로 지난겨울에 대표선수들과 합숙훈련 과정에서 보여줬던 김완 선수의 신기에 가까운 벙커샷을 여러 차례 목격할 수 있었습니다. 저 정도 벙커라면 전혀 문제없습니다.

―제발 유두호 해설위원 말씀대로 김완 선수의 신기의 벙커샷이 폭발했으면 좋겠습니다. 네, 마침 김완 선수! 어드레스에 들어갔습니다.

김완이 모래 웅덩이, 벙커에서 샌드웨지를 잡은 채 천천히 셋업에 들어갔다.

팟!

뿌연 모래가 허공에 뿌려지며 골프공이 둥실 떠올라 절묘하게 그린 위로 올라와 떨어져 내렸다.

또로로록!

골프공이 깃발, 핀이 박혀 있는 홀컵을 향해 굴러가기 시작했다.

캐디인 양필훈이 살짝 핀을 뽑았다.

―오오오 하느님! 김완 선수가 벙커에서 친 공이 그린 위로 올라와 계속해서 홀컵을 향해 굴러가고 있습니다. 들어갈까요? 들어갈까요?

―아핫핫핫― 저건 숏 골인입니다. 숏 골인!

토통!

경쾌한 소리와 함께 골프공이 그대로 홀컵에 빨려 들어갔다.

짝짝짝! 원더풀!

지켜보던 갤러리들이 오거스타 골프장이 떠나갈 만큼 힘찬 박수를 치며 탄성을 뱉었다.

"우와와아아!"

경기도 분당에 있는 대한방송사 DBS 뉴스 편집실에서 50인치 대형 LCD모니터를 지켜보던 예능본부의 황연주 PD와 보도본부의 홍수철 편집기자, 조재근 스포츠 취재기자 등이 자리에서 벌떡 일어나며 환호성을 터뜨렸다.

"어이구! 현장에서 취재하고, 이 장면을 백 번도 더 봤는데 또 흥분이 되네."

머리통이 유난히 크고 팔자 눈썹의 삼십대 남자.

조재근 기자가 의자에 주저앉으며 탄성을 흘렸다.

"헤에⋯ 저는 김완 선수의 저 벙커샷을 보고 필드에 가서 수백 번을 연습했는데 한 번도 안 들어가더라고요!"

붉은색 야구모자에 흰색 야구점퍼를 걸친 유난히 귀엽게 생긴 이십대 초반의 아가씨.

황연주 PD가 아쉬운 듯 입맛을 다셨다.

"아, 맞다! 황 PD가 골프 쪽에서는 선생님이시지?"

"흐흐! 아빠가 골프장 사장님이신데 어련하시겠냐?"

홍수철과 조재근 기자가 고개를 주억거리며 맞장구쳤다.

DBS 이 년 차 PD인 황연주는 방송사 고위층들 사이에서는 꽤나 유명했다.

특히 골프를 즐기는 고위층이라면 모두 황연주를 잘 알았다.

서울대를 졸업한 유능한 PD로써의 능력도 능력이었지만 프로 수준의 골프 실력 때문이기도 했다. 골프장을 다섯 개나 갖고 있는 부자 아빠 덕에 초등학교 4학년 때부터 골프 클럽을 손에 쥐었다.

─들어갔습니다. 들어갔습니다. 버디! 버디샷! 정말 신기의 벙커 샷이었습니다. 과연 황제의 샷이었습니다. 무려 140만 달러짜리 황금 버디! 세계 남자 골프대회 중 4대 메이저 대회라는 마스터스를 제패하는 김완 선수의 완벽한 기술이었습니다.

─핫핫핫핫! 제가 방금 말씀드렸죠? 걱정하시지 않으셔도 된다고! 저 정도 벙커샷은 눈 감고도 칠 수 있는 고수가 바로 우리 김완 선수입니다.

─아하하하! 진짜 그렇군요. 저는 속으로 무척 걱정했는데 정말 늠름한, 자랑스러운 우리 대한의 아들, 김완입니다.

김완과 캐디인 양필훈이 힘차게 포옹하는 그림이 모니터에 클로즈업되면서 아나운서와 해설자의 격앙된 목소리가 계속해서 터져 나왔다.

버디란 어떤 홀에서 기준 타수보다 한 타 적게 치는 점수를 말한다.

골프는 기준타수보다 적게 치면 적게 칠수록 고수다.

─시청자 여러분! 골프 팬 여러분! 기뻐해 주십시오. 방금 보셨다시피 우리 대한민국의 아들 골프의 황제 김완 선수가 오늘 4라운드 최종 합계 19언더 파로 우승함으로써 2007년부터 2009년까지 마스터스대회 삼연패라는 위대한 금자탑을 쌓았습니다.

김완이 〈그린재킷〉을 걸치는 장면과 함께 아나운서가 최대한 톤을 높여 중계를 했다.

마스터스 대회는 메이저 대회 가운데 유일하게 우승자에게 〈그린재킷〉을 입혀주는 전통이 있었다.

"야, 홍 기자! 저 여자 땡겨! 지금 선그라스를 벗고 달려와서 김완이와 포옹하는 저 여자 말이야."

조재근 기자가 손짓을 하며 소리치자 홍수철 기자가 재빨리 리모트 컨트롤러를 조작해서 이십대 여자를 클로즈업시켰다.

선그라스를 머리 위로 치켜 올리고 눈처럼 하얀색 재킷

에 유난히 피부가 깨끗한 지적인 용모의 단발머리 여자.

"황 PD! 누군지 알겠냐?"

"얼굴이 꽤 익었는데… 가물가물하네요?"

"홍 기자는 대학 동기니까 잘 알지?"

"호호! 저야 잘 알지만 백화영이는 저를 모르죠. 백화영이 법대 다닐 때 워낙 똑똑하고 잘나가는 집안 출신이라서 아주 유명했으니까요. 전 인문대 무명소졸……."

"아! 대검 중수부의 백화영 검사군요. 근데 백화영 검사도 김완 선배와 친한가요?"

홍수철 기자가 머리를 북북 긁으며 말하자 황연주가 여자의 정체를 쉽게 알아챘다.

"마스터스가 개최되는 저 오거스타 골프장은 미국에 있다. 미국은 한국에서 당일치기로 왕복할 수 있는 나라가 아니다. 우리나라 대검 중수부에서 미국 조지아주에 범죄자를 체포하러 검사를 파견시켰다는 소식은 아직 듣지 못했다……. 이상 힌트 끝!"

조재근 기자가 아주 색깔 있는 힌트를 줬다.

서울법대. 사법고시 합격. 대검찰청 중앙수사부 검사. 29세. 백화영.

황연주가 스마트폰을 꺼내 찬찬히 메모를 했다.

또로로록!

골프공이 그린위의 홀컵 1미터쯤 옆에 붙었다.

―뭐,뭡니까? 그 어렵다는 18홀에서 또다시 이글을 잡나요?

―핫핫핫핫! 올해 US 오픈은 완전히 김완 선수의 독무대입니다. 경쟁자가 없어요.

―정말입니다. 현재만 해도 이 위인 존 댈리와 열 타 차인데 마직막 홀에서 이글 샷에 성공하면 무려 열두 차 이상이 나게 됩니다.

통! 골프공이 아주 매끄럽게 홀컵 안으로 빨려 들어갔다.

삑 삑 삑! 짝짝짝!

김완이 환한 미소를 띤 채 모자를 벗어 갤러리들에게 흔들며 그린을 향해 걸어갔다.

―와아아아! 굉장합니다. 굉장해요! 김완 선수 마지막 4라운드에서 10언더 파를 쳐서 무려 합계 23언더 파로 US오픈이 연패를 달성했습니다.

―정말 자랑스럽습니다. 우리 대한민국에서 김완 선수 같은 위대한 골퍼가 태어났다는 것이 얼마나 뿌듯한지 모르겠습니다.

풍덩!

김완과 캐디인 양필훈, 그리고 이십대 초반의 예쁜 아가
씨 한 사람이 손을 잡고 연못에 뛰어들었다.

〈미국 LPGA 15승, 재미교포, 예일대학 2년 휴학, 22세, 프로골퍼
이수연〉

황연주가 다시 스마트 폰에 신중히 메모를 했다.

김완 코리아 4라운드 18홀 −7타

가르시야 스페인 4라운드 17홀 +5타

타이거 우즈 미국 4라운드 17홀 +3타

필 미켈슨 미국 4라운드 18홀 +8타

웨스트 우드 영국 4라운드 18홀 +9타

휘이잉! 후두두둑!

비바람이 몰아치는 그린 위에서 타이거 우즈가 퍼터를
든 채 홀컵을 노려봤다.

펄렁!

바람이 타이거 우즈의 몸이 비틀거릴 만큼 거세게 몰아

쳤다.

─스코틀랜드 날씨는 하도 변덕스러워서 신도 짐작 못한다더니 정말 그렇군요.

─글쎄 말입니다. 오전까지만 해도 햇빛이 화사했는데……. 뭐, 덕분에 우리 김완 선수를 제외하고 이 브리티시 오픈, 디 오픈에 참가한 모든 선수들이 오버 파 행진입니다.

─전 왜 이렇게 기분이 좋죠? 시청자 여러분! 저 스코어보드를 한 번 보십시오. 김완 선수가 막 4라운드를 마치고 홀 아웃 한 상태에서 현재 7언더 파입니다.

─가르시아가 현재 18홀에서 더블보기를 기록해 7오버 파가 됐습니다. 이제 타이거 우즈만 홀 아웃하면 악천후 속에서 치러진 2009년도 디 오픈도 김완 선수의 우승으로 그 대단원의 막을 내리게 됩니다.

토통!

타이거 우즈가 신중하게 퍼팅한 공이 홀컵에 빨려 들어갔다.

─아, 마친 타이거 우즈가 경기를 끝냈네요?

─네! 네! 타이거 우즈가 18홀을 보기로 마감하면서 4라운드 합계 4오버 파가 됐습니다. 우리 김완 선수의 우승! 우승입니다!

―고국에 계신 국민 여러분, 골프팬 여러분 기뻐하십시오! 우리 대한의 건아 김완 선수가 천둥번개가 몰아치는 이 스코틀랜드의 노스비치 그린 골프장에서 열린 디 오픈에서 4라운드 합계 7언더 파로써 우승을 했습니다. 악천후에도 결코 굴하지 않고……

아나운서가 거의 악을 쓰듯 멘트를 할 때 김완과 타이거 우즈가 활짝 웃으며 굳게 악수를 하는 모습이 모니터에 클로즈업됐다.

세계 남자 골프 대회 중 4대 메이저 대회 가운데 하나로써 세계 최초로 개최된 공식적인 골프 대회라 해서 디 오픈이라 명명됐다.

영국 오픈 혹은 브리티시 오픈이라고도 부른다.

"홍 기자! 저어어기, 양필훈이 옆에 노란 우비를 입고 카메라를 든 채 점잖게 서 있는 멋진 삼십대 동양인 신사 잡아봐."

조재근 기자가 홍수철 기자 뒤에서 서서 손가락질을 했다.

홍수철 기자가 잽싸게 리모트 컨트롤러를 움직여 사내를 클로즈업시켰다.

"웩! 끄으윽!"

홍수철 기자와 황연주가 갑자기 구토를 했다.

축 처진 팔자 눈썹에 머리통이 유난히 크고 며칠 동안 면도조차 안했는지 꾀죄죄하고 텁수룩한 노숙자처럼 보이는 사내, 조재근 기자였다.

"내, 내가 봐도 좀 그러네? 자식들……. 해외에서 열심히 일하다 보면 저렇게 망가질 수도 있는 거야. 무슨 오버이트 까는 소리가 나와!?"

"해해! 오해 마세요. 선배님! 오버이트 까는 소리가 아니라 아까 먹은 짬뽕이 영 이상해서……."

황연주가 재빨리 조재근 기자를 달랬다.

"지금이다 홍 기자! 완이 하고 같이 우산을 쓰는 저 여자애 잡아!"

조재근 기자가 황연주를 흘겨보며 다시 소리쳤다.

카키색 버버리를 걸치고 어깨까지 내려오는 생머리에 아주 부티 나는 외모의 이십대 아가씨가 김완의 목에 매달린 채 깊게 키스를 했다.

"힌트가 필요하냐? 황연주!"

조재근 기자가 씨익 웃으면서 물었다.

"하, 한희라 선배네요? 영국왕실음악대학의 종신 교수로 있는."

"참고로 희라는 디 오픈이 시작되는 날부터 끝나는 날까지 김완이랑 같은 호텔에서 묵었다가 런던으로 돌아갔다.

시합 끝나고 나랑 셋이 술 한잔했는데 아예 완이 품속에서
살더라 살아! 푸후후후—"

조재근 기자가 질투가 잔뜩 매달린 신음을 토했다.

"그럴 만도 하죠. 김완 선배가 한희라 선배가 있는 영국
까지 와서 시합을 했으니 얼마나 반가웠겠어요. 한희라 선
배와 신채린 선배가 김완 선배를 놓고 관악산에서 벌린 심
야의 혈투는 정말……."

"에잇, 제기! 세상 더럽게 불공평해. 같은 남자인데 어떤
놈은 여자에 치어 죽고!"

"어떤 놈들은 총각 귀신으로 늙어 죽고!"

황연주가 이해한다는 표정으로 관악산의 무시무시한 전
설까지 털어놓자 조재근과 홍수철 기자가 합창하듯 신세
한탄을 했다.

서울대 음대. 영국왕실음악대학 종신교수. 작곡학 박사. 한희
라. 26세.

황연주가 다시 스마트 폰에 찬찬히 메모를 했다.

또로로록! 토톡!
골프공이 홀컵을 향해 굴러가다가 홀컵에 반쯤 걸친 채

그대로 멈췄다.

"와아아아아!"

"오 마이 갓! 지저스!"

천여 명의 갤러리가 일제히 터뜨리는 아쉬운 탄성이 안개가 잔뜩 낀 채 실비가 내리는 미국 뉴욕에 위치한 아크로뷰티 골프장을 뒤흔들었다.

─저거! 저거! 저거! 정말 안 들어갑니까? 안 들어가나요? 안 들어갑니까?

─진짜 진짜 김완 선수는 이 미국 프로골프 선수권대회, PGA챔피언십하고는 인연이 없군요. 인연이 없어도 너무 없어요. 어이구! 도대체 저 공이 홀컵 앞에서 몇 미리 차이로 멈춘 겁니까?

─세상에, 세상에 이런 일 있나요? 아쉽습니다! 정말 아쉽습니다! 일 미리, 이 미리쯤 차이로 그랜드슬램이 날아갔어요.

─저 공만 들어가 줬으면 필 미켈슨과 연장전을 펼쳤을 텐데……. 환장하겠군요.

─연장전에 들어가면 김완 선수에게 백 프로 승산이 있었거든요. 지금까지 김완 선수는 연장전에서 한 번도 패한 적이 없겂습니까? 인다낍습니다, 정말 안디끼워요!

아나운서와 해설자가 안타깝다는 멘트를 수십 번 반복

했다.

턱!

김완이 퍼터를 던지며 그린 위에 벌렁 누웠다.

남자 골프에서 그랜드슬램이란 어떤 한 선수가 마스터스대회, 미국오픈대회, 영국오픈대회, PGA챔피언십까지 이 4대 메이저 대회를 한 해에 모조리 우승하는 것을 말한다.

낙타가 바늘구멍 통과하는 것보다 두 배쯤 어렵다.

"아후— 미차 미차!"

"후우우! 정말 몇 번을 다시 봐도 아쉽다. 저 공만 들어갔으면 김완이가 진정한 골프의 레전드가 될 수 있었는데…… 진짜 진짜 환장하는 장면이야."

황연주와 조재근 기자가 금방이라도 50인치짜리 대형 LCD모니터 속으로 뛰어들 듯한 자세를 취한 채 탄성을 토했다.

푸우!

김완이 엉덩이를 번쩍 든 아주 코믹한 자세로 엎드려 골프공을 입으로 불었다.

딱깍… 통!

골프공이 그대로 홀컵에 빨려 들어갔다.

와하하하! 삑 삑 삑! 짝짝짝!

갤러리들이 뒤집어지며 휘파람과 함께 우레와 같은 박수를 쳤다.

휙!

김완이 쓴 웃음을 흘리며 쪽진 머리에 단아한 옥색 두루마기를 입은 채 지켜보고 있던 십대 소녀처럼 보이는 동안의 이십대 여자에게 골프공을 던졌다.

여자가 환하게 웃으며 골프공을 받아 품속에 간직했다.

그리 이내 두루마기에 위에 걸치고 있던 목도리를 풀어 필 미켈슨과 악수를 하는 김완에게 다가가 흙이 묻은 골프웨어를 조심스럽게 닦아줬다.

"홍 기자!"

"예! 지금 잡고 있습니다."

홍수철 기자가 두루마기를 걸친 채 목도리로 김완의 유니폼을 닦아주는 여자를 클로즈업시켰다.

"홍 기자는 저 여자 알지?"

"아, 그럼요! 밤의 대통령 강혜경이를 모르면 기자 아니죠."

"밤의 대통령 강혜경?"

항연주가 눈을 깜박였다.

"그래! 강남에 있는 유명한 룸사롱 비버리힐즈의 사장 겸 마담이지."

조재근 기자가 짧게 설명을 했다.

"그, 그럼 김완 선배가 저 룸사롱 마담하고도 깊은 관계예요??"

황연주가 이외라는듯 눈을 껌벅거리며 물었다.

"그건 나도 몰라! 깊은 관계인지 얕은 관계인지……. 하지만 이건 알아."

"……?"

"내가 김완이라면 무조건 저 강 마담하고 결혼한다. 그럼 평생을 별명대로 살 거다. 황제로!"

"그렇게… 대단한 여자예요, 선배님?"

"취재를 하면서 잠깐 강 마담을 지켜볼 수 있었는데 딱 춘향이더라. 우리 교과서에서 나오는 조선시대의 여자 그대로야."

"아… 네에!"

밤의 대통령. 춘향이. 비버리 힐즈 룸살롱 사장겸 마담. 강혜경. 23세.

황연주가 다시 스마트폰에 조심스럽게 메모를 했다.

"야! 홍 기자."

"예! 지금 카피 뜨고 있습니다."

"황 PD! 김완이 올해 출전한 메이저 대회와 그동안 화제가 된 대회 필름들을 모조리 카피해 줄 테니까 가지고 가서 앞으로 녹화할 필름하고 잘 버무려서 멋진 작품을 만들어 봐."

"네, 알겠습니다, 선배님."

조재근 기자가 무게를 잡으며 말하자 황연주가 공손하게 대답했다.

"그리고 아까 찍어준 여자애들 있지? 아무나 서브 게스트로 섭외해. 신채린이까지 포함해서! 어렵지 않을 거야. 김완이 일이라면 관 속에서라도 뛰쳐나올 여자들이니까!"

"헤헤헤! 도와주셔서 정말 고마워요, 선배님. 덕분에 이번 〈힐링〉의 〈골프황제 김완 편〉은 대박 터질 것 같네요."

"당근, 그래야지! 이 조재근이 월차까지 써가며 서포트를 해줬는데."

조재근 기자는 골프황제 김완과 가까워서 방송계에서는 김완 통으로 알려졌다.

황연주는 DBS 예능본부에서 제작하는 토크쇼인 힐링 하우스의 연출을 맡은 PD로써 〈골프황제 김완 편〉을 만들기 위해대학교 선배인 조재근 기자를 찾았다.

기대대로 조재근 기자가 휴가까지 써가며 적극적으로 도와줘서 김완에 대한 다양한 정보를 얻을 수 있었고!

똑똑!

"황PD님! 피자 왔어요."

노크와 함께 십대 후반의 아가씨가 편집실 문을 열고 소리쳤다.

"거기 휴게실에 놔두라 해!"

"알겠습니다."

"해해해! 가시죠. 선배님 좋아하시는 치즈 피자 시켜놨어요."

"익? 치즈 피자는 이 홍수철도 좋아해. 황 PD!"

"선배 거는 라지 특이구요."

"아이구! 우리 황연주는 언제 봐도 착하고 똑똑해."

"좋아! 일단 먹으면서 얘기하자."

조재근 기자가 씩씩하게 편집실을 나섰다.

"선배님들 휴게실로 나오세요! 오늘 예능본부 황연주가 피자하고 족발 쏩니다."

"좋았어! 금방 갈게."

"오키! 먼저 시작해 황 PD!"

황연주가 편집실 내를 돌아보며 소리치자 모니터에 매달

려 작업하던 직원들이 분분히 대답했다.

"야, 근데 황연주! 너 오늘 일……. 피자 한 판으로 때우려고 하면 안 돼."

황연주 등이 편집실을 나와 복도를 걸어갈 때 조재근 기자가 눈을 빛내며 말했다.

"우쓰! 피자랑 족발이면 땡이죠. 이 년 차 PD에게 뭘 더 바래요?"

황연주의 입이 튀어나왔다.

"데이트!"

"……?"

노총각인 조재근 기자가 노골적으로 황연주에게 들이댔다.

"짜식……. 내가 옛날부터 너 좋아하는 거 눈치 까고 있었잖아?"

"헤헤! 알고는 있었지만 선배님은 제 스타일이 아니에요."

"끅!"

"으흐흐흐……."

황연주가 조재근 기자의 프로포즈를 메아리가 지기도 전에 날려 버리자 홍수천 기자가 뱁새눈으로 조재근 기자의 눈치를 살피며 키득댔다.

"네, 네 스타일이 아니라구? 왜 내가 어디가 어때서? 부산외고 출신에 RT로 복무하고 서울대 불문과를 졸업한 DBS 기자, 이 정도면 충분하잖아?"

조재근 기자가 씩씩댔다.

"죄송해요, 선배님. 제가 작고 못생겨서 그런지 키 크고 잘생긴 남자가 좋아요. 전!"

"야야야 황연주! 키 작은 게 내 탓이냐? 내 탓이야? 그리고……."

"대갈장군에 얼굴은 으악이죠."

"카카카캇— 파이팅 황연주!"

홍수철 기자가 배꼽을 쥔 채 때굴때굴 굴렀다.

"아아아! 띠발! 내 당장 퇴직금을 가불해서라도 성장판을 열어서 키 크고 얼굴 완전 리모델링할란다. 또 마음에 안 드는 거 있냐? 기왕 말 나온 김에 속 시원하게 다 불어!"

조재근 기자가 부들부들 떨며 황연주를 쨰려봤다.

"이름도… 쫌 그래요."

황연주가 서슴없이 말을 받았다.

"뭐, 뭐? 이름이 맘에 안 들어?! 내 이름이 어때서? 재능 있고 근면한 남자 조.재.근! 얼마나 죽이는 이름이냐?"

"우리 본부장님은 좆.쩨.그.니.라고 부르시던데요. 거시기가 째그만 남자라구!

　"조재근? 거시기가 째그만 남자? 좃.째.그.니−"

　"케엑!"

　조재근 기자는 열 받아서 쓰러지고 홍수철 기자는 웃다
가 쓰러졌다.

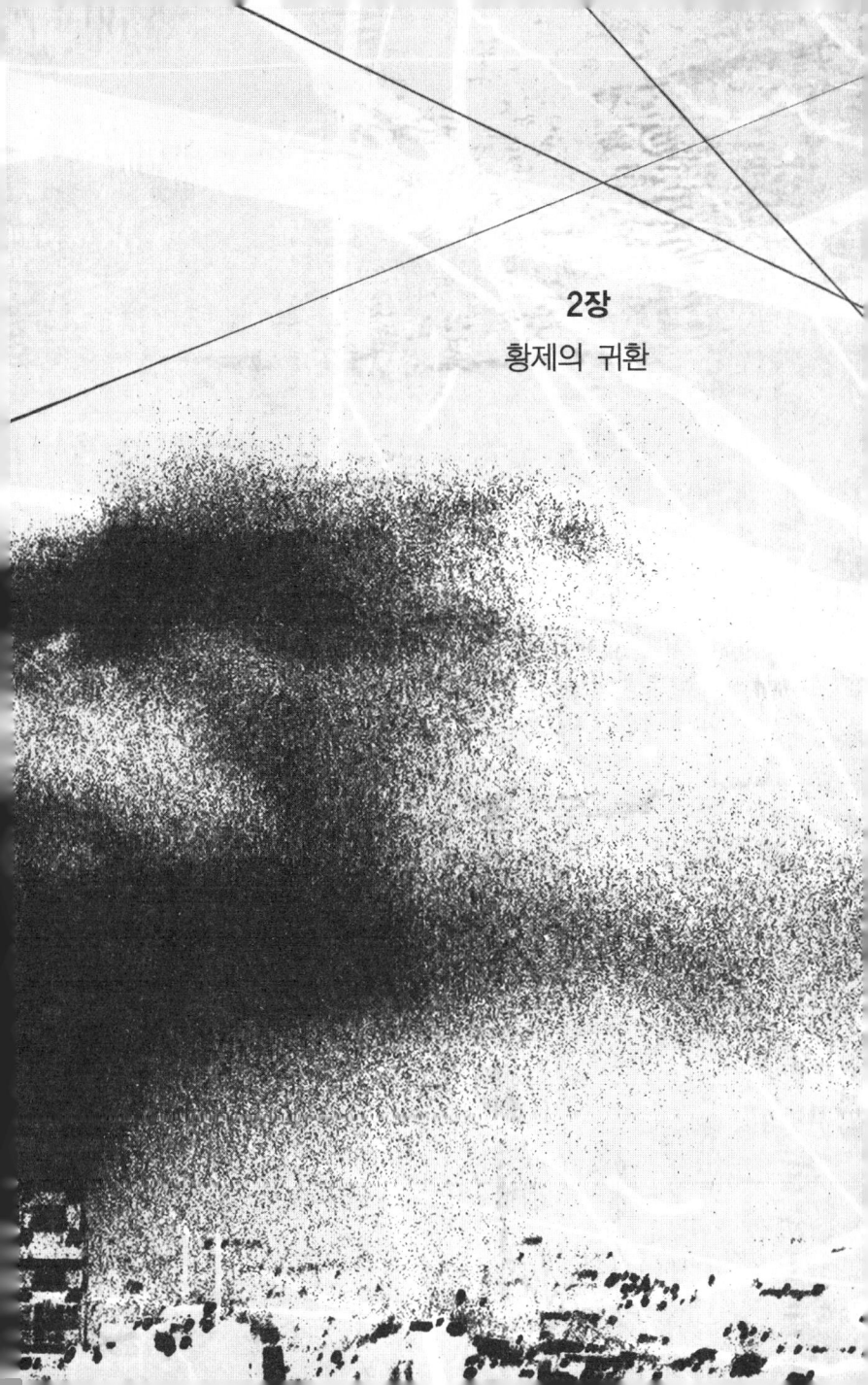

2장

황제의 귀환

세계유일의
남자

"째근아 VIP게이트래! 김완이 귀빈 출입구로 나온대."

"야! 조째그니—! 어디 아파? 왜 이렇게 힘이 없냐."

"째그니 오빠! 뭐해? 빨랑 VIP게이트로 가자구!"

우루루루!

카메라를 든 수십여 명의 기자가 인천공항 출입국 대합실 내를 뛰어갔다.

어이구— 개쪽! 개쪽! 개쪽!

가만히 들으니까 저것들도 진짜 좃.째.그.니로 부르네!

조재근 기자는 지금 PGA챔피언십에서 아깝게 준우승을

한 뒤 삼주 뒤에 벌어진 벤츠클래식에서 마치 화풀이라도 하듯 폭발적인 샷을 선보이며 이 위인 어니엘스를 무려 13타차이로 제치고 우승해 상금 130만 달러와 벤츠500S 승용차까지 거머쥔 골프황제 김완이 귀국한다는 소식을 듣고 취재를 위해 인천 공항에 나왔다.

일주일 전, 아니 사흘 전에만 김완이 귀국했어도 김완 통인 조재근 기자는 어떤 식으로든 김완을 DBS 스튜디오로 빼돌려서 단독 인터뷰를 하는 등 난리법석을 부렸을 것이다.

하지만 오늘은 소금에 절인 배추처럼 축 처진 채 전혀 의욕이 생기지 않았다.

띠발! 돈 꽤나 들겠네. 얼굴 바꾸랴 이름 바꾸랴!

이틀 전에 황연주에게 까인 대미지가 너무 큰 탓이었다.

근데 키는 어떻게 바꾸지? 이 웬수가 남자는 180이 넘어야 한다는데 이건 문제가 좀 있어. 겨우 170이 될까 말까한데…….

조재근 기자가 비틀비틀 대합실을 걸어가며 또다시 황연주를 떠올렸다.

실은, 노총각인 조재근은 황연주처럼 귀엽고 아담한 여자를 좋아해서 정말 오랫동안 기회를 보다가 엊그제 모처럼 찬스를 잡고 작업을 걸었던 것이다.

결과는 1회전 30초 만에 완벽한 TKO패였고!

"에휴……. 까인 건 까인 거고 일은 해야지."

번쩍!번쩍!

조재근 기자가 인천공항이 떠나가라 한숨을 내쉬며 카메라 플래시가 마치 레이저 광선처럼 터지는 VIP게이트 앞으로 힘없이 걸어갔다.

번쩍 번쩍! 웅성웅성!

골프황제 김완이 수행원들과 함께 완전 무장을 한 경찰 특공대의 경호를 받으며 인천공항 VIP 게이트를 빠져나오고 있었다.

트레이드마크인 군청색 더블재킷에 회색 바지와 굽이 낮은 앵클부츠 차림이었다.

쿡!

김완이 쓴웃음을 머금었다.

두 가지 이유 때문이었다.

첫 번째는 식구들에게조차 알리지 않고 조용히 귀국했건만 벌떼처럼 몰려든 기자들 때문이었고 두 번째는 그동안 스토커처럼 쫓아다니던 조재근 기자가 어젯밤에 머은 술이 채 깨지 않았는지 자신에게는 눈길조차 주지 않은 채 멍한 얼굴로 취재 수첩을 구겨대고 있었기 때문이다.

원래 스케줄대로라면 김완은 지금 독일 뮌헨에서 열리고 있는 도이치뱅크 클래식을 마치고 보름 뒤에나 귀국할 예정이었지만 절대 거절할 수 없는 최고위층에서 급 소환을 했기에 부랴부랴 귀국했던 것이다.

김완은 몰랐다.

인터넷 포털사이트에 들어가 김완을 치면 골프황제 김완의 동향이 실시간으로 뜨고, 자신을 괴롭히던 조재근 기자는 조재근 기자보다 더 김완을 괴롭히던 스토커에게 깨져 그 후유증에 시달리고 있다는 사실을!

"김완 선수! 잠깐만요! 여기 좀 봐주십시오."

"피곤하시겠지만 김완 선수를 사랑하는 국민들을 위해 좀 더 활짝 웃어주세요."

"네네! 아주 좋습니다. 그대로 부탁합니다. 김 선수!"

팍팍팍!

기자들이 연신 카메라 플래시를 터뜨렸다.

또박또박!

그때, 늘씬한 이십대 아가씨 한 명이 꽃다발을 든채 미소를 지으며 김완에게 다가갔다.

"쟤, 쟤 KBC 아나운서 임수정 아냐?"

"웬일이니? 저 여우도 김완 선수랑 그런 사이였나?"

"근데 임수정이 들고 있는 거 저 꽃 뭐야? 무궁화잖아?!

"얼씨구! 누가 방송사 아나운서 아니랄까봐 깜짝 이벤트야! 김완 선수가 대한민국의 명예를 세계만방에 빛내다 이거지?"

"쫌 과하다. 김완이 무슨 해외 파병 나갔다가 귀환하는 군인도 아니고 무슨 무궁화 꽃이야, 무궁화 꽃은."

"어쨌든 그림 된다. PGA투어를 싹쓸이하고 금의환향하는 골프황제에게 미모의 여성 캐스터가 건네주는 무궁화 꽃다발!"

"이거 국기에 대한 경례도 하고 애국가도 불러야 되는 거 아냐? 무궁화 삼천리―"

"아하하하! 호호호!"

기자들이 웃음을 터뜨리며 임수정이 김완에게 무궁화 꽃다발을 건네주는 모습을 열심히 찍어댔다.

'이런 띠발! 황연주한테 욕먹겠네. 그날 너무 충격을 받아서 저 임수정이를 깜빡했어!'

멍한 눈으로 임수정을 쳐다보던 조재근 기자가 인상을 찌푸렸다.

조재근 기자가 깜빡한 골프황제의 또 한 명의 여자.

―서울대 정외과. 미스 코리아 출신. KBC 한국 방송사

아나운서. 임수정. 25세.

"안녕하십니까, KBC 시청자 여러분! 우리 대한민국 국민들에게 자긍심과 아쉬움을 함께 선물했던 골프황제 김완 선수가 지금 막 인천공항에 내렸습니다."

임수정이 KBC 마이크를 든 채 최대한 예쁜 미소를 띠고 수십 대의 ENG카메라들이 비추는 가운데 김완의 한쪽 손을 살며시 끌며 인터뷰를 시작했다.

"호호호, 어서오세요. 김완 선수! 정말 고생 많으셨어요. 올 초에 출국하셨으니까 무려 구 개월 만에 오시는 건가요?"

"아닙니다. 집안에 일도 있고 해서 중간에 서너 번 들어왔었습니다."

"그러셨군요. 어쨌든 오랜만에 귀국하셨는데 우리 KBC 시청자들께 인사 좀 해주세요!"

"아, 예! KBC 시청자 여러분 안녕하셨습니까. 골프 선수 김완입니다. 지난 PGA챔피언십에서 실수를 해 심려를 끼쳐 드린 점 사과드리겠습니다. 내년 시즌에는 기필코 그랜드슬램을 달성할 수 있도록 최선을 다해 노력하겠습니다."

김완이 특유의 사람 좋은 미소를 띤 채 부드러운 목소리로 인사를 했다.

"저도 그랬지만 그날 밤, 시청자들께서 PGA 챔피언십을 지켜보면서 정말 많이 안타까워 했습니다. 입으로 불어도 들어가는 공이 어떻게 홀컵 앞에서 그렇게 멈출 수 있죠?"

"하하! 골프라는 운동의 매력입니다. 우승컵을 완전히 손에 쥐었다고 생각하는 순간 빠져나가니까요. 죄송합니다. 그날 제가 물 한 잔만 더 먹었어도 충분했는데……."

"호호호! 다음엔 물을 충분히 드시고 하세요. 우리 시청자들을 단체로 물 먹이시지 마시고!"

"예에! 명심하겠습니다."

"근데 어떠세요? 김완 선수! 다음 달, 제주도에서 열리는 삼성카드배 WGC 탐라 클래식에서 우승하시면 올 한 해 PGA 투어에서만 두 자리 승수를 거두는 위업을 달성하게 되시는데… 자신있으시죠?"

"이런 말씀을 드리며 어떨지 모르겠지만 제가 키우는 강아지들도 우리 집 앞에서는 엄청 사납습니다. 씩씩하게 짖어 대고요."

"오호호호— 네에, 그래요!"

임수정이 김완이 홈그라운드의 이점을 위트있게 설명하자 까르르 웃었다.

"제주도는 지금까지 제가 경기를 해왔던 미국이나 유럽이 아닙니다. 우리나라입니다. 제가 편하게 쉴 수 있는 우리 집이죠. 이것으로 답을 대신하겠습니다."

김완이 우회적으로 자신감을 표출했다.

그 순간, 검은 양복을 걸친 사내가 임수정에게 빨리 인터뷰를 끝내라는 신호를 보냈다.

"고맙습니다, 김완 선수! WGC 탐라 클래식뿐만 아니라 나머지 경기들도 온 국민과 함께 김완 선수를 응원하겠습니다."

"아예 감사합니다! 앞으로 더욱더 열심히 하겠습니다."

"지금까지 인천공항에서 골프황제 김완 선수와 얘기를 나눠 봤습니다. KBC 뉴스 임수정입니다!"

파팟팟!

다시 카메라 플래시가 터지고 김완과 임수정이 정중하게 악수를 나눴다.

콕! 이때 임수정이 살짝 김완의 손을 꼬집었다.

"축하해, 자기. 나 삼 개월째래! 〈힐링〉 녹화 끝나는 대로 전화해."

임수정이 김완 옆을 스치듯 지나가며 수상한 멘트를 날렸다.

"후훗!"

김완이 어이없다는 듯 실소를 흘리며 임수정의 뒷모습을 쳐다봤다.

임수정은 김완의 대학 동기로 지난 이 월에 딱 한 번 만났었다.

근데 임신 삼 개월이라는 뉘앙스를 풍기는 말을 뱉었던 것이다.

'누구 아기지?'

김완이 아주 잠깐 동안 엉뚱한 생각을 했다.

"잠깐, 전화 좀 받아보시지요, 김완 선수!"

임수정에게 인터뷰를 빨리 끝내라고 수신호를 보냈던 검은 양복의 사내가 조용히 김완에게 휴대폰을 건넸다.

"누구시죠?"

김완이 휴대폰을 받으며 전화 걸어온 사람의 신분을 묻자 양복을 입은 사내가 엄지손가락을 치켜세웠다.

"예! 김완입니다, 대통령님!"

김완이 정중하게 전화를 받았다.

—가수가 노래를 불러 빌보드 메인 차트의 정상에 오르고, 배우가 영화에 출연해 아카데미 주연상을 수상하고, 골퍼가 PGA 투어에 나가 우승을 하는 것은, 어떤 운동선

수가 올림픽에 나가 한꺼번에 열 개의 금메달을 따는 것과
같다.

이 말은 올림픽 금메달을 폄하 하는 것이 아니라 빌보드
차트의 정상에 오르는 것이나 아카데미 주연상을 수상하는
것과 미국 프로골프 협회에서 주최하는 골프대회인 PGA투
어에서 우승하는 것이 그만큼 힘들다는 것을 뜻했다.

나이 스물에 현해탄을 건너가 프로 골퍼가 된 뒤 일본프
로골프협회 JPGA에서 주최하는 JPGA 투어에 출전해 단 이
년동안 20승을 거둔 골프의 귀재!

곧 바로 태평양을 날아가 미국 프로골프 협회 PGA에서
주최하는 PGA 투어에 출전해 타이거 우즈, 필 미켈슨 등
세계적인 골퍼들과 경쟁하며 시즌이 채 끝나지 않은 오늘
까지 약 삼 년 동안, 메이저 대회 9승을 포함해 무려 25승
을 쓸어 담으며 세계 골프계에 일대 쓰나미를 일으킨 풍
운아!

세계적인 스포츠 메이커인 미즈노, 아디다스 등과 치열
한 경합 끝에 타이틀 스폰서가 된 나이키가 삼 년 동안 후
원금 포함 1억 2천만 달러를 안겨준 1억 불의 사나이!

백여 명의 기자가 취재를 나오고 경찰특공대가 경호를
하며 국가 원수가 친히 환영의 전화를 하는 대한민국의

VVIP!

골프황제 김완!

그가 돌아왔다.

PGA투어 25승을 뜻하는 스물다섯 송이의 무궁화 꽃을 가슴에 안고.

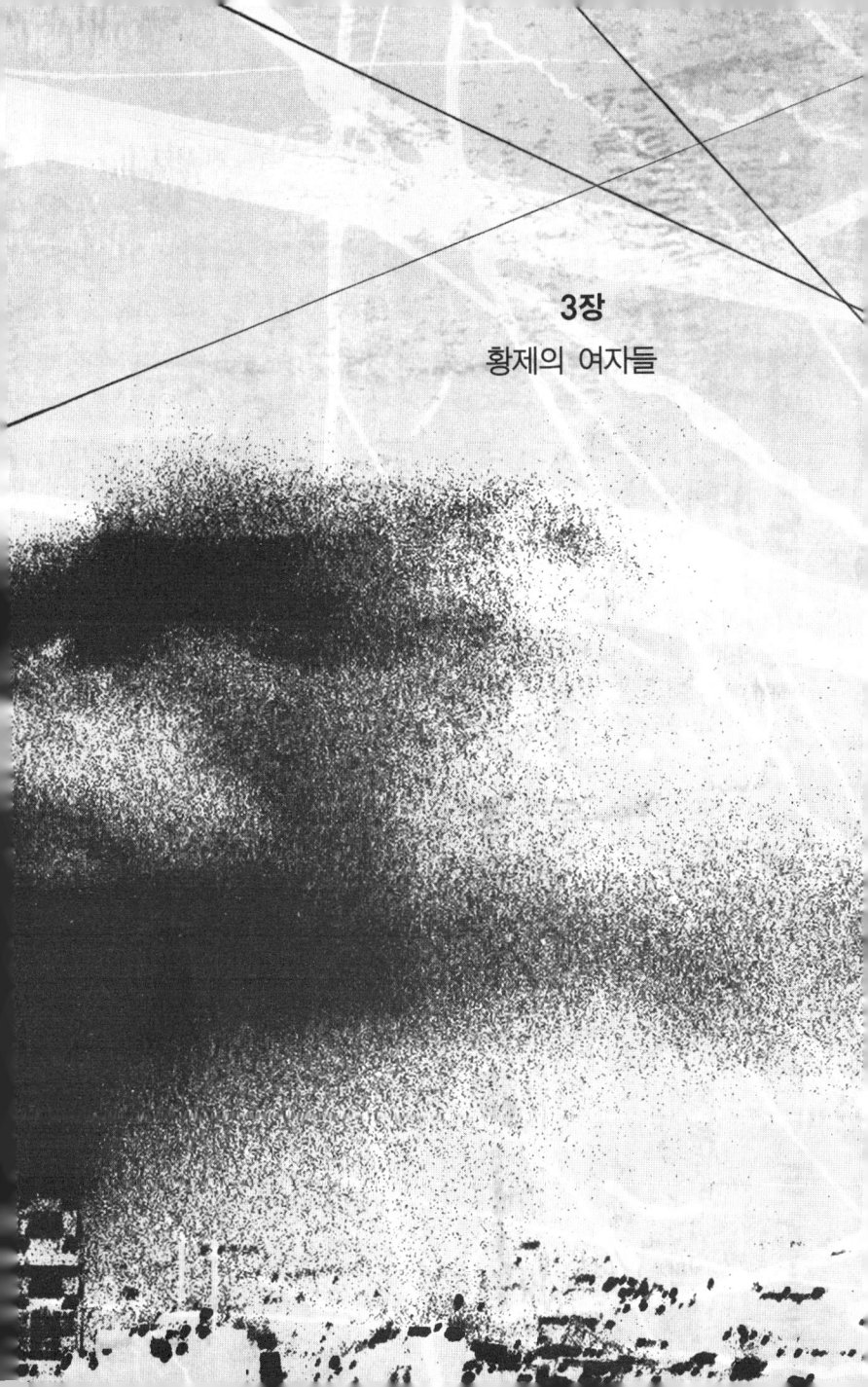

3장

황제의 여자들

세계유일의
남자

박예원 여 25세 서울대병원 의사. 연락처 011—211—1345.

강혜경 여 23세 비버리힐즈 룸살롱 마담. 연락처 010—3344—1218.

백화영 여 29세 대검찰청 중수부 검사. 연락처 010—119—7541.

이수연 여 22세 LPGA 골프선수. 연락처 007—1—212—991—1029.

임수정 여 25세 KBC 한국 방송사 아나운서. 010—444—5001.

차금신 여 24세 현대중공업 항공기술부 수석엔지니어. 연락처
010—336—8204.

한희리 여 26세 영국왕립음악대학 교수. 연락처 001—44—20—
937—1717.

신채린 여 25세 영화배우. 연락처 010—1122—3355.

"아예예! 죄송합니다. 방송사에 사정이 생겨서요. 녹화가 무기 연기 됐습니다. 다음에 스케줄이 잡히면 즉시 연락 드리겠습니다. 예예! 정말 죄송합니다."

우리나라의 삼대 메이저 방송사 중에 하나인 대한방송사 DBS의 인기 예능프로인 토크쇼 힐링 하우스, 〈힐링〉의 책임 PD인 남재욱 차장이 휴대폰을 든 채 금테안경 너머로 사람 이름과 연락처가 빽빽이 인쇄된 A4 용지를 쳐다보며 통화를 하고 있었다.

차악!

남 차장이 볼펜으로 이수연이란 이름 위에 줄을 그었고 곧 바로 백화영이란 이름 위에 큼지막하게 동그라미를 쳤다.

"다 됐나? 연락 안 한 사람 없지?"

남 차장이 점심시간이 한참 지난 오후 4시쯤 경기도 분당에 있는 DBS 본사 사내식당의 한 구석에 앉아 A4 용지를 찬찬히 살폈다.

오늘 밤에 녹화해 다음 달에 내보낼 〈힐링〉의 서브 게스트, 즉 보조 손님의 출연 문제를 마무리하는 중이었다.

지난 1999년 대한방송사 DBS PD직군 공개 채용에 응시해 무려 이백 대 일의 경쟁률을 뚫고 입사한 남 차장은 PD로 일한 지 올해 꼭 십일 년째였다.

그동안, 예능프로만 십여 작품을 제작했는데 〈힐링〉을 비롯해 〈여성천국〉, 〈남자가 울 때〉 등 꽤 여러 작품을 히트시킨 베테랑이었다.

남 차장은 예능프로를 제작하면서 나름대로 노하우가 쌓였고, 그것을 바탕으로 몇 개의 족보를 만들어 놓았다.

그 족보 중 하나가 메인 게스트와 함께 출연해 줄 서브 게스트 보조 손님을 섭외하는 수법이었다.

아무리 토크 쇼라 해도 단 한 명의 게스트만 출연시켜 장시간 진행하다 보면 자칫 시청자들에게 지루함을 줄 수 있기에 남 차장은 꼭 서브 게스트를 초대했다.

서브 게스트는 메인 게스트의 가족이나 친인척 혹은 친구들 같은 아주 가까운 지인들로 선정했는데 남 차장은 먼저 대여섯 명을 섭외해 출연 약속을 잡았다.

그리고 녹화 당일 꼭 필요한 사람을 제외하고 모조리 출연 약속을 취소했다.

방송사 사정을 핑계로 정중하게 사과를 하면서!

방금, 남 차장은 오늘 〈힐링〉 녹화에 출연해 달라고 섭외했던 서브 게스트 중에서 백화영 검사를 제외하고 모조리 캔슬시켰던 것이다.

"흐응! 세계적인 미남 골퍼와 샤프한 미모의 아가씨 검사라? 간만에 시청률 좀 당기겠구만."

남 차장이 사과 전화를 할 때와는 정반대로 환한 미소를 머금은 채 다시 한 번 A4 용지를 훑어봤다.

막 식기 시작한 김치찌개를 떠먹으면서.

사실, 남 차장은 지금 찬밥 더운밥 가릴 처지가 아니었다.

치사하든 더럽든 할 수 있는 모든 방법을 동원해 〈힐링〉 제작에 올인해야 했다.

시청률!

모든 방송사 PD들의 직업병이요, 불치병인 시청률 문제 때문이었다.

특히 민영 방송인 대한방송사 DBS에서 시청률은 곧 모든 프로의 목숨과 같았다.

〈힐링〉의 지난 주 수도권 시청률이 22%였고 전국 시청률은 19.6%였다.

지상파 삼사 예능프로 중에서 동 시간대 1위였고 전체 4위로 제법 괜찮은 성적이었지만 흡족한 성적은 아니었다.

2010년도 DBS 직원들의 승진 심사를 하는 날이 코앞으로 다가와 있었다.

이때 쯤 두어 번 정도는 전체 1위를 때려 줘야 한다.

그래야 확실하게 눈도장을 받을 수 있어.

남 차장은 오늘 밤 〈힐링〉 녹화분에 승부를 걸었다.

부장 승진이라는 희망과 함께!

"백 검사로 결정하신 거예요, 차장님?"

"웅! 백 검사가 김 선수와 가장 가까운 사이인 것 같으니까 그쪽으로 가자구."

〈힐링〉에서 연출을 맡고 있는 이우성 PD가 김이 모락모락 나는 커피 잔을 든 채 남 차장 앞에 앉으며 질문을 하자 남 차장이 시큰둥하게 대답했다.

"아쉽네요! 전 스토리가 풍부한 강혜경 씨나 색깔이 화려한 박예원 씨 쪽으로 갔으면 했는데요?"

"그쪽도 구미가 당기지만 룸살롱 마담은 좀 위험하지 않겠어? 이렇게 나온 것만 해도 굉장히 논란거리가 될 것도 같고 말이지. 게다가 왠지 막장으로 가는 느낌이고 또 대통령 딸은 뒤통수가 뜨뜻하고 말이야……."

"그런가요? 당사자들이 흔쾌히 허락했는데도 문제가 될까요?"

이 PD가 어깨를 으쓱하며 남 차장의 말꼬리를 물었다.

"김 선수, 이 사람은 이 아가씨들을 다 어쩌려구 이런대? 이건 양다리 정도가 아니라 문어 다리잖아 문어 다리! 도대체 애인이 몇 명이냐고? 정말 남의 일이지만 걱정된다 걱정 돼!"

남 차장이 이 PD를 힐끗 보며 화제를 돌렸다.

'잘난 척하면서 비웃는 듯한 말투 진짜 적응 안 돼! 서울 대 나온 새끼들은 이게 문제야.'

남 차장이 책임 PD, CP로 있는 〈힐링〉의 제작진에는 네 명의 PD가 있었다.

두 명은 서울대 출신이었고 한 명은 연세대를 졸업했고 한 명은 중앙대를 나왔다.

남 차장은 중앙대학교 신문방송학과 출신이었다.

"으흐흐! 걱정되시는 거예요? 부러우신 거예요?"

"쩝쩝! 솔직히 부러워. 대개 미혼인 아가씨들은 애인 문 제로 인터뷰나 출연 요청하면 빼기 바쁜데 이 아가씨들은 서슴없이 콜을 하더라구! 꼭 오랫동안 살아온 닭살 부부들 처럼 말이야."

"그것도 엄청난 스펙을 가진 여자들이 말이예요. 흐 흐!"

"뭐, 스펙이라면 김완 선수도 만만찮으니까 그렇다 치고, 아가씨들이 기다렸다는 듯이 방송에 출연하겠다는 건 그만 큼 김 선수를 좋아한다는 반증이거든. 김완 선수가 아주 매 력적인 남자란 뜻이고!"

"그만 출발하시죠, 차장님! 고 PD가 김완 선수를 픽업해서 지금 막 인천공항을 떠났답니다."

남 차장과 이 PD가 오늘 녹화할 〈힐링〉에 메인게스트로 출연할 김완의 여성 편력을 부러워할 때 황연주가 큼직한 배낭을 메고 남 차장 쪽으로 다가왔다.

남 차장의 표현을 빌면 또 한 명의 서울대 나온 새끼, 아니 년이었다.

고 PD는 연세대를 나온 새끼였고.

"OK! 드디어 김완이를 체포했구만. 천진규 씨 하고 오정희도 출발했겠지?"

"네에! 안성 톨게이트래요."

"좋아! 그럼 우리도 슬슬 가자구."

남 차장이 휴대폰과 A4 용지를 챙기며 식탁에서 일어섰다.

"서브는 결정하셨어요, 차장님?"

"그래! 8시까지 휘닉스 CC로 오기로 했어. 백화영 검사."

"화아— 검사가 세긴 세구나? 국민배우까지 간단히 날려버렸네!"

"뭐, 뭔소리냐, 황 PD? 신재린이도 서브 후보였어?!"

황연주가 아쉬움이 섞인 탄성을 터뜨리자 남 차장 눈이

휘둥그레졌다.

"아후, 차장님도 참? 메모지 위에 왕별로 표시까지 해 놨잖아요! 후보들 중에서 김 선수랑 가장 가까운 사이라 구."

"이런 빌어먹을— 난 신채린이는 꿈도 안 꿨어! 김 선수 가 신채린이 팬이다 뭐 그런 뜻으로 알았는데……."

남 차장이 황연주와 함께 사내 식당을 빠져나오며 핏대 를 올렸다.

"그럼 신채린 씨한텐 연락도 안 해보신 거예요, 차장 님?"

"푸하! 신채린이가 누군데 메인 게스트도 아니고 서브 게 스트로 섭외를 해? 불경죄로 국가 정보원에 달려갈 일 있 나?"

"으흐흐흐! 맞아요. 신채린은 향후 오 년 동안 스케줄 이 꽉 차 있다더라고요. 게다가 TV 예능 프로에는 한 번 도 나온 적이 없는데 껄렁한 토크쇼에 출연할리 만무하 죠!"

'껄렁한 토크쇼? 이 새끼는 꼭 농담을 해도 사람 똥꼬를 쑤신단 말이야. 서울대 나온 새끼들은 이것도 문제야!'

이 PD가 버릇인 듯 남 차장의 말을 꼬아서 받자 남 차장 이 이 PD를 째려봤다.

"아후— 짜증나! 언제는 신채린 씨 정도는 데려와야 시청률이 올라간다면서요? 그래야 차장님 내년에 부장 달고요!"

"그, 그거야 그냥 술김에 한 말이지……."

"10만 원 빵이면 되겠네요. 차장님이 지금이라도 전화를 하면 신채린 씨가 〈힐링〉에 무조건 출연한다는 데 10만 원 걸죠!"

"켁!"

쏘는 듯 던지는 황연주의 말에 남 차장과 이 PD가 거품을 물었다.

"흐흐……. 황 PD가 어떤 소스를 갖고 있는지 모르지만 신채린이가 아무리 김 선수와 가까워도 오늘 〈힐링〉 출연은 불가능해. 신채린이는 지금 일본 도쿄에서 〈서울 그리고 도쿄〉를 찍느라 정신없다고 내일자 스포츠 일간 연예면에 대문짝만 하게 났거든!"

"20으로 올리자, 황 PD!"

이 PD가 신채린의 최신 동향을 밝히자 남 차장이 자신있게 판돈을 올렸다.

"레이스 30 더! 합 50!"

"25 콜! 내 주머니에 신사임당 할미니 딱 다섯 장 있다."

"고마워요 차장님! 제가 아직 새로 나왔다는 5만 원권을 구경 못했거든요."

"크큭큭! 괜찮아. 천하의 신채린을 보는 데 25만 원이면 껌 값이다, 껌값!"

남 차장의 말은 진심이었다.

당장 신채린을 섭외할 수 있다면 25만 원이 아니라 2,500만 원을 날려도 남 차장은 아깝지 않았다.

대체 신채린이 누군가.

한국과 일본에 자회사를 무려 70개나 갖고 있는 신우그룹 신동수 회장의 막내딸.

그리고 우리나라에서 둘째가라면 서러워 할 명문학교인 대한외고와 서울대학교 경영학과와 동 대학원을 졸업한 MBA출신으로 대한민국 건국 이래 최고의 인기 연예인이었다.

2005년도에 드라마 편당 2억 원 출연료 시대를 연 장본인으로 국내 영화제는 물론이고, 프랑스의 깐느, 이태리의 베니스, 독일의 베를린 러시아의 모스크바 영화제와 골든글로브 여우주연상까지 휩쓴 세계 제일의 여배우기도 했다.

그 대배우에게 남 차장이 혹시나 하는 심정으로 전화를 걸어 오늘 저녁에 녹화하는 〈힐링〉에 서브 게스트로

출연해 달라고 최대한 다급하고 애절한 목소리로 부탁
했다.

다급하고 애절한 목소리로 부탁한 것은 감히 신채린을
무시해서 이 시간에 연락한 것이 아니라 이쪽에 엄청난 사
건이 터져서 어쩔 수 없이 지금 연락한다는 뉘앙스를 풍기
기 위해서였다.

메인 게스트의 이름을 명확히 밝히고!

남 차장의 삼류 신파극이 먹힌 걸까?

기가 막히게도 신채린이 이 무식한 요청에 흔쾌히 응했
다.

'내, 내가 지금 보이스 피싱을 당했나? 아닌데? 분명히
신채린이와 직접 통화를 했는데?!'

남 차장이 도무지 믿기지 않는 듯 입을 헤 벌린 채 눈을
껌뻑이며 물끄러미 휴대폰을 쳐다봤다.

"왜 그러세요? 차장님!"

옆 자리에 앉아 있던 이 PD가 불안한 듯 말을 붙이자 그
때서야 남 차장이 황급히 휴대폰을 껐다.

"신채린이 차장님께 또라이라고 총 쏴여?"

'또, 또라이? 이 새끼가 또!'

신채린이 때문에 잠시 외출했던 남 차장의 넋이 이 PD의

까는 듯한 말투에 후다닥 돌아왔다.

"오늘 밤 10시까지 휘닉스 CC 클럽 하우스로 오겠다는데?!"

"크악— 저, 정말이예요?? 진짜로?! 미국 대통령보다 더 바쁘다는 소리가 나오는 신채린이 겨우 몇 시간 전에 미친 놈처럼 출연 섭외를 했는데도 콜을 해요?!"

미친놈? 이놈 주뎅이를 토치램프로 지져? 산소 용접기로 때워?

"나도 그것이 알고 싶다 이 PD! 엊그제 드라마 본부의 정 차장이 신채린이 매니저한테 섭외 전화했다가 삼 년쯤 뒤에 다시 전화 달라는 소리를 들었다고 18 18 하던데 나 참!"

남 차장의 입꼬리가 이 PD의 싸가지 없는 멘트에도 불구하고 자꾸만 올라갔다

지난 오 년동안 TV 예능프로에 한 번도 출연하지 않았던 신채린이 〈힐링〉에 서브 게스트로 출연한다?

대한방송사 로고가 새겨진 12인승 승합차인 스타렉스에 앉아 반신반의하며 신채린에게 전화했던 남 차장은 전화를 끊은 지 십 분이 지난 지금까지 흥분을 감추지 못했다.

꼭 사흘 전이었다.

AP통신이 LA발로 올해 또 한국 출신 여배우 신채린이 아카데미 여우주연상에 노미네이트될 것 같다는 뉴스를 타전한 것이!

신채린이 아카데미 여우주연상 후보에 오른것은 2005년부터 2009년도인 올해까지 벌써 네 번째였다. 말 그대로 사전오기였다.

과연 이번에는 신채린이 동양인 배우는 절대 넘을 수 없다는 아카데미에서 여우주연상을 수상할 수 있을까?

굳이 설명할 필요조차 없지만 우리나라 국민들은 유난히 최초, 최강, 제일 등의 접두사가 붙은 어휘를 좋아한다.

그래서 그런지 장본인인 신채린보다 더 아카데미 여우주연상을 수상하길 바라고 있었다. 동양인 출신 배우 중 제일 먼저! 맨 처음! 최초로!

당연히 현재 대한민국 국민들의 모든 이목은 아카데미 시상식장이 있는 미국 LA로 쏠려 있었고, 가장 보고 싶어하는 스타가 바로 신채린이었다.

두 번째 보고 싶어 하는 스타는 오늘 메인 게스트로 출연할 김완이었고.

곧, 이 두 스타가 함께 출연한 〈힐링〉이 전국에 방영되면 대한민국은 간단히 뒤집힐 것이고 내년 이맘 때쯤 남 차장은 남 부장으로 불릴 것이다.

샥!

조그맣고 예쁘장한 손 이 PD가 쥐고 있던 5만 원권 지폐들을 낚아챘다.

남 차장이 황연주와 내기를 하면서 걸었던 돈이었다.

"······!"

남 차장과 이 PD가 기가 막힌 표정으로 황연주를 쳐다봤다.

"이게 올해 유월에 나왔다는 5만 원권 지폐구나? 색깔이 별로네!"

'쳇! 여전히 두 선배는 가깝구나. 내 예상이 틀렸으면 했는데······.'

황연주가 속으로 아쉬운 마음을 숨기지 못한 채 생각했다.

황연주가 승합차의 조수석에 앉아 남 차장과의 내기에 이겼음에도 왠지 탐탁찮은 표정으로 신사임당 초상이 그려진 누런 색깔의 5만 원권 지폐를 만지작거렸다.

우리나라의 5만 원권 지폐는 2009년 6월 23일부터 정식으로 통용되기 시작했다.

"내 피 같은 돈 25만 원을 먹었으니까 힌트라도 좀 다오. 황 PD! 신채린을 어떻게 그리 귀신처럼 꿰냐?"

"정말 어떻게 된 거요? 차장님 돈 따먹으려고 신채린이랑 짠 건 아닐 테고⋯⋯. 궁금해 환장하겠다, 황 PD!"

남 차장과 이 PD가 조수석으로 넘어올 듯 몸을 일으킨 채 황연주를 쳐다봤다.

"일단 백 검사에게 전화부터 하세요. 방송사 사정에 의해서 〈힐링〉 녹화가 취소됐다고. 정말 죄송하다고요!"

"끄응!"

황연주가 남 차장이 출연 약속을 취소할 때 쓰는 십팔 번을 흉내 냈다.

그러자 남 차장이 신음을 토하며 휴대폰 다이얼을 눌렀다.

"국장님과 본부장님께도 보고하셔야죠? 신채린 씨 출연료는 지금까지 우리 〈힐링〉에 출연했던 게스트 중에서 가장 높을 테니까요."

"마, 맞다! 신채린이 몸값은 내 끗발로 안 돼."

남 차장이 다시 재빨리 휴대폰을 때렸다.

사실이었다.

남 차장이 신채린을 섭외할 수는 있어도 출연료를 책임질 레벨은 못 됐다.

적어도 국장급, 아니 본부장이 직접 나서야 했다.

신채린은 지난 2월 초부터 7월 말까지 한국방송사 KBC에서 방영한 50부작인 대하드라마 〈스나이퍼〉에 여자 주인공으로 출연했었다.

〈스나이퍼〉는 편당 제작비가 10억 원이 넘게 들어갔고 그중에 삼십 프로가 신채린의 출연료라는 소문이 돌았다.

신채린에게 편당 3억 원을 넘게 지불했다는 말이었다. 출연료로만!

그럼, 드라마가 아닌 예능프로에 나온 신채린에게는 얼마의 출연료를 지불해야 할까?

각 방송사에는 자체적으로 연예인이나 사회인 출연자에 대한 출연료 등급이 세부적이고 구체적으로 정해져 있게 마련이다.

하지만 신채린 같은 초특급 연예인에게는 안드로메다쯤 되는 외계에서 벌어지는 일이었다.

방송에 출연할 때마다 신채린 측과 방송사 고위층이 합의를 했다.

그것이 관례였다.

물론, 매스컴에 발표하는 액수와 실제 지불하는 액수는 많이 달랐고!

"야, 황연주! 빨리 말 안 할래? 너 언제부터 신채린 하고 그렇게 가까웠어?"

"이 멍충이 선배야! 신채린 씨가 우리 대학 동문이라는 거 몰라?"

"……!"

이 PD가 얼굴이 시뻘겋게 변한 채 목청을 높이자 황연주가 귀찮다는듯 쏘아 붙였다.

"아— 그래그래! 신채린이가 우리 학교 졸업했지? 김 선수랑 황 PD랑 같은 〈서울패〉 멤버였고!"

"오해는 마슈. 난 〈서울패〉의 레귤러는 아니었수. 그냥 일반 회원으로 무수리쯤 되는 천한 신분이었다우!"

이 PD가 이제야 생각이 난 듯 반색하자 황연주가 무수리 같은 어투로 대꾸했다.

무수리란 조선시대 궁중에서 가장 하천한 일을 하는 시녀를 지칭하는 말이다.

"좋아! 황 PD가 신채린이와 서울대학교 동문이고 동아리 선후배 사이라서 꽤 친밀한 관계라는 건 알겠는데 뭔가 이 프로 부족해?"

"역시 우리 차장님이 생각처럼 멍청하진 않아!"

"생각처럼 멍청하진 않아? 칭찬이야 욕이야? 이 새끼가 진짜……."

남 차장이 반복되는 이 PD의 싸가지에 뚜껑이 열릴 때즘 이 PD가 다시 황연주를 쪼았다.

"신채린은 자타가 공인하는 은막의 여왕이야. 무수리가 부탁한다고 여왕이 일본에서 냉큼 날아오겠어? 좀 더 쉽게 얘기해봐!"

"쳇! 난 무수리였지만 메인 게스트로 나올 김 선배는 〈서울패〉의 왕자였어. 신채린 선배는 공주였구!"

"오오오ㅡ 이제야 알겠다!"

남 차장과 이 PD는 방송사에서 먹은 밥그릇 수가 만만찮은 베테랑들이었다.

황연주가 선문답하듯 에둘러 설명했지만 간단하게 상황을 꿨다.

"김 선수와 신채린이가 대학 시절 꽤나 가까운 사이였구만!"

"그걸 말이라고 하냐? 바보야! 얼마나 가까우면 김 선수가 우리 〈힐링〉에 나온다는 한마디에 신채린이가 노타임으로 서브 게스트로 출연하겠다고 했겠어?"

남 차장이 천천히 이 PD의 싸가지를 응징하기 시작했다.

"저, 정말 그러네요!?"

이 PD가 확실히 감이 잡힌 듯 눈을 빛냈다.

"두 분 방송사 예능본부 PD 맞아요? 우리나라 아니 전 세계를 발칵 뒤집었던 〈영화배우 신채린 자살 미수 사건〉

을 벌써 잊어 버리셨어요?"

"허걱—"

황연주가 〈영화배우 신채린 자살 미수 사건〉이란 말을 던지자 남 차장과 이 PD의 눈이 축구공만큼 커졌다.

"그, 그럼 신채린이 김 선수 때문에 자살 시도했다는 게 사실이야?"

"임신설은 또 어떻게 된 거야? 신채린이 김 선수 아기를 갖고 있었다가 유산됐다는 루머도 있었잖아?"

"신채린이가 일본에서 JPGA 선수로 뛰는 김 선수를 따라가기 위해 일부러 한일 합작영화 〈퍼시픽 오션〉이란 영화에 출연했다며?"

남 차장과 이 PD가 먹잇감을 발견한 굶주린 하이에나처럼 눈에 기광을 번뜩이며 질문 공세를 퍼부었다.

"승수야! 저기 휴게실에서 차 잠깐 세워. 돈도 땄겠다 라면이라도 하나씩 먹자!"

황연주가 두 사람의 질문을 그대로 씹으며 운전을 하는 이십대 청년 노승수 FD에게 손짓을 했다.

"아이구— 이 대목에서 차 세우면 저 잘려요, 황 PD님!"

노 FD도 궁금한 듯 가재미눈으로 황연주를 돌아보며 대답했다.

방송사에서 프로그램을 제작하는 스태프들 중에는 PD, AD, FD라고 불리는 사람들이 많다.

PD는 피곤하고 더러운 직업.

AD는 아니꼽고 더러운 직업.

FD는 환장하도록 더러운 직업.

이 블랙 유머가 세 직책을 잘 표현해 준다.

PD는 프로듀서 혹은 프로그램 디렉터를 뜻한다.

프로그램을 기획하고 출연진을 섭외하며 프로그램을 촬영하고 감독하며 연출하는, TV나 라디오 프로그램 제작부서에서 일하는 스태프들의 대장이다.

메이저 방송사인 DBS같은 지상파 삼사에 PD로 입사하려면 수백 대 일의 경쟁률을 뚫는 소위 방송고시에 합격해야 했다.

AD는 어시던트 디렉터를 말한다.

PD의 역할과 업무를 보조하며 제작과 관련된 모든 잡무를 처리했다.

〈힐링〉의 이우성 PD나 황연주 PD는 분명히 PD로 입사했고 그에 걸맞은 보수를 받고 있었지만 엄밀히 말하면 남차장을 보조하는 AD였다.

숙련된 PD가 되어 자신의 프로를 맡을 때까지 겪어야 하는 필수 코스였다.

FD는 플로어 디렉터를 뜻한다.

말 그대로 풀면 무대를 관리하는 감독이지만 그건 어디까지나 외국에서나 통하는 얘기였고, 우리나라 방송계에서 FD는 AD를 보조하는 따까리에 불과했다.

또 FD는 방송사에서 공채로 뽑는 것이 아니라 용역회사에서 채용해 방송사로 파견시키는 직원이었기에 전문 방송인으로 인정조차 받지 못했다.

커피 심부름부터 담배 심부름까지 온갖 잡일을 다하는 노예.

"늙으나 젊으나 수컷들은 그저……. 빨랑 차 대지 못해?"

"예예! 알겠습니다."

황연주의 말투가 까칠하게 변하자 노 FD가 황급히 핸들을 돌렸다.

끽!

DBS 공용 승합차가 휴게실 주차장에서 멈췄다.

황연주가 두툼한 봉투 하나를 남 차장에게 던졌다.

"라면 먹고 올 동안 사진이나 감상하세요. 메인 게스트로 출연할 김 선수 거니까 깨끗하게 보시구요."

"……!"

남 차장이 황연주가 승합차에서 내리기도 전에 봉투를

열어 젖혔다.

봉투에서 쏟아진 이십여 장의 사진 중 서너 장은 어떤 강가에서 대학생들로 보이는 수십 명의 젊은 남녀들이 어울려 찍은 단체 사진이었다.

나머지 사진은 모두 두 사람이 주인공이었고.

김 선수와 신채린!

남 차장과 이 PD는 채 석장의 사진을 보기도 전에 황연주가 사진을 건네준 이유를 알 수 있었다.

자신들이 그토록 궁금해하던 〈영화배우 신채린 자살 미수 사건〉에 얽혀 있던 모든 루머는 사실이었다.

봉투 속에서 나온 두 사람의 사진들이 너무도 명확하게 증명해줬다.

김 선수와 신채린이 환하게 웃으며 팔짱을 낀 사진부터 목말을 타고, 업고, 진한 키스를 나누는 사진까지 누가 봐도 다정한 연인의 사진이었다.

두 사람이 신혼여행을 가서 찍은 사진이라고 우겨도 무방했다.

특히 남 차장과 이 PD는 방송사 PD답게 신채린이 김 선수를 바라보는 눈빛에 주목했다

신뢰와 사랑.

신채린의 지독하게 예쁜 눈은 이렇게 말했다.

"피휴!"

남 차장과 이 PD의 입에서 부러움이 가득 담긴 한숨이 흘러 나왔다.

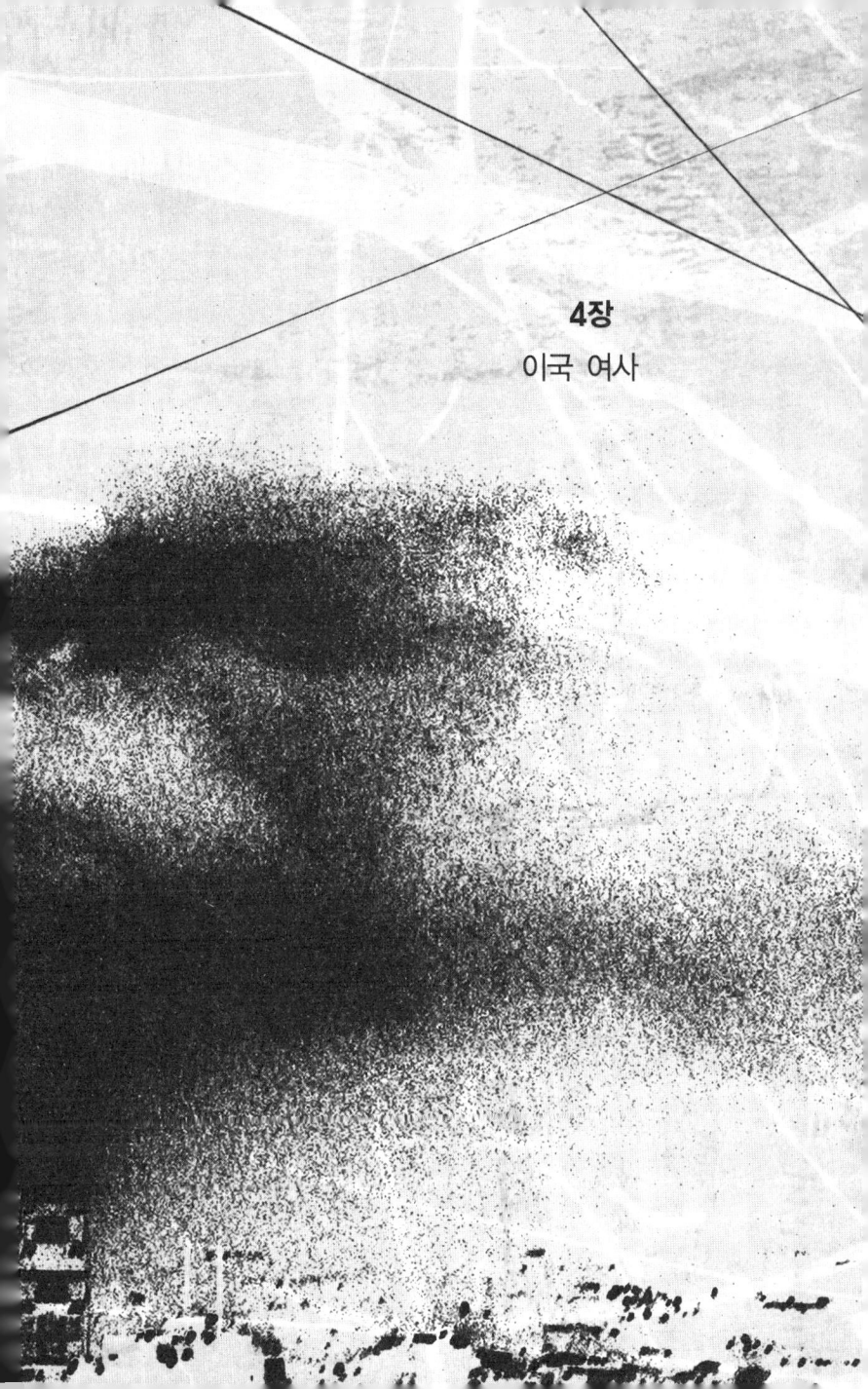

4장
이국 여사

세계 유일의
남자

"…전란(戰亂)과 천재(天災)에도 화를 당하지 않는 열 개의 땅 십승지(十·勝地) 중 한곳이요, 오백 년 도읍지가 한양(漢陽)이라면 팔백 년 도읍지는 이곳이라!"

일찍이 음양풍수(陰陽風水)의 대가였던 신라시대 고승 도선선사와 고려 말의 무학대사(無學大師)는 충청남도 공주시를 이렇게 얘기했다.

또 무학대사는 그 길지인 공주시에 자리 잡고 있는 계룡산(鷄龍山)을 금계포란(金鷄抱卵)이요, 비룡승천(飛龍昇天)의 산세, 황금 닭이 알을 품고 있고 용이 날아 하늘로 올라가는 형국의 명산이라 했다.

대체 계룡산이 얼마나 영험한 길지(吉地)면 도선선사나 무학대사 이지함 같은 풍수지리(風水地理)의 대가들이 입을 모아 칭송을 했을까?

21세기인 오늘 날에 와서도 어깨 너머라도 잠깐 풍수지리를 공부한 사람들은 하나같이 이 산을 영험한 복지(福地)라 말한다.

덕분에 지금도 전국 각처에서 무속인(巫俗人)들과 역술인(易術人)들이 계룡산을 기도처로 삼고 찾아든다.

한데, 대가들이 예언한 유효기간이 지나서일까?

이 땅이 그렇게 길지만은 아닌 것 같았다.

바로 이 집안이 그 좋은 증거였다.

공주시 반포면 계룡산 자락 밑에 자리 잡은 이 고옥(古屋)!

일견키에도 아흔 아홉 칸이 훨씬 넘을 듯한 전형적인 ㅁ자 구조의 웅장한 한옥이었다.

한옥에서 한 칸의 의미는 방의 개수를 말하는 것이 아니라, 네 개의 기둥이 에워싸고 있는 공간을 뜻하는 것으로 한쪽 면의 길이가 대략 6미터에서 10미터쯤 됐다.

아흔아홉 칸이면 얼마나 넓은 집인지 대강 짐작이 될 것이다.

큰할머니 이국 여사 1899년생 만 110세.

둘째 할머니 석초란 여사 1913년생 만 96세.

셋째 할머니 김용임 여사 1930년생 만 79세.

넷째 할머니 김용화 여사 1933년생 만 76세.

다섯째 할머니 윤정 여사 1937년생 만 72세.

이렇게 다섯 할머니가 살고 있어서 동네 사람들은 〈오할머니댁〉이라 불렀다.

물론, 이 집안에 할머니들만 살고 있는 것은 아니었다.

장성한 손자와 손녀도 있었다.

어쨌든 불행한 집안이었다.

얼마나 박복한 팔자면 다섯 할머니 모두가 남편들을 먼저 저승으로 보내고 홀몸이 되어 살아가고 있을까?

그것도 천하의 길지라는 계룡산 밑에서 말이다.

이 정도면 풍수지리설을 약간 수정해야 하지 않을까 싶다.

아니, 이제는 굳이 수정할 필요가 없었다.

선인들의 예언대로 이 집에서 황제가 탄생했으니 말이다.

"음음!"

따사로운 가을 햇빛이 서쪽으로 살짝 꼬리를 내릴 때 마른기침과 함께 큰할머니, 이국 여사가 안방을 나섰다.

사람들이 이국 여사를 보면 여러 번 놀란다.

맨 처음 백을 지나 백열이 넘은 이국 여사의 연치(年齒)에 놀라고 두 번째는 이국 여사의 풍채에 놀란다.

백 세가 넘은 할머니들은 대부분 호호백발에 허리가 굽고 어딘지 추레해 보이지만 이국 여사는 정 반대였다.

세월은 속일 수 없어서 얼굴에 빽빽한 주름만큼은 어쩔 수 없었지만 특유의 매눈에서 뿜어 나오는 형형한 눈빛과 검은 머리칼이 훨씬 많은 단아한 쪽진 머리, 박속같은 치아, 훤칠하고 꼿꼿한 몸매는 어느 누구도 백 세가 훨씬 넘은 할머니라고 믿지 않았다.

그리고······.

이국 여사가 그 옛날 왜경들의 고문으로 인해 다친 다리를 절뚝이며 마당으로 내려오자 기다렸다는 듯 송아지만 한 거무튀튀한 개 두 마리가 따라 붙었다.

단미(斷尾)와 단이(斷耳)가 잘된 경비견으로 유명한 도베르만 피셔였다.

─오냐 오냐. 버디와 이글이구나. 잠시 기다리거라. 내

곧 밥을 주마.

이국 여사가 미소를 띤 채 개들의 이름을 부르며 머리를 쓰다듬었다.

이국 여사의 집에서는 개들에게 오전 7시와 오후 4시, 꼭 하루 두 끼씩 밥을 줬다.

녀석들이 귀신처럼 밥 때를 알고 이국 여사에게 달려온 것이다.

한데, 지금 개들의 이름을 부르는 이국 여사의 말은 밖으로 새어 나오지 않았다.

안쓰럽게도 이국 여사는 한쪽 다리가 불구가 될 만큼 모진 고문을 견디다가 혀를 크게 다쳐 말을 하지 못했다.

끙끙…….

개들이 낑낑 대며 연신 이국 여사 주위를 맴돌았다.

신기하게도 개들은 이국 여사의 눈빛만으로도 그 말뜻을 알아들었다.

사실 이국 여사는 개들을 좋아하지 않았다.

정확히 표현하면 무서워했다.

손자가 개들을 워낙 좋아해 어쩔 수 없이 키우다 보니 정이 들어 이제는 사람보다 개들을 더 좋아하게 됐지만!

녀석들은 할머니들만 있는 이 집을 지켜주는 믿음직한 수호신이었다.

이국 여사가 개들과 함께 대문을 열고 나갔다.

대문 밖의 넓은 마당에는 수령(樹齡)이 오백 년은 족히 넘었을 듯한 은행나무 두 그루가 웅장한 자태를 뽐내고 있었다.

기이하게도 은행나무 중 한 그루는 앉아 있는 부처, 좌불상(左佛像)을 닮아 있었다.

이국 여사가 부처님 형상의 은행나무 앞에서 눈을 감고 합장한 채 깊숙이 허리를 접었다.

처음 이 집에 들어와 살기 시작할 때부터 오늘까지 아침저녁으로 드리는 예불이었다.

이국 여사는 젊은 시절 많은 고승들의 설법을 들었다.

그 영향인지 독실하진 않았지만 불제자에 가까웠다.

이국 여사가 지금 부처님께 염원하는 것은 딱 한 가지였다.

손자의 무병장수.

예불을 끝낸 이국 여사가 다리를 절룩이며 다시 대문 쪽으로 다가갔다.

대문 앞에는 십여 가지나 되는 신문이 수북이 쌓여 있었다.

조선신문, 신동아일보 등 오대 중앙일간지에 한나라 경제 등과 같은 경제신문과 스포츠일간 전국스포츠 등의 스포츠 신문까지.

거기에 특이하게도 뉴욕 타임즈, 워싱톤 포스트 등의 미국 신문과 아사히 마이니치 니혼게자이 등 일본신문까지 와 있었다.

이 부분에서, 사람들은 이 국여사에게 경탄을 금치 못한다.

국내신문뿐 아니라 미국신문과 일본신문까지 읽는 백 세가 넘은 대한민국 할머니!

해외 토픽 감이었다.

이국 여사가 지금은 비록 계룡산 밑의 산골에 살고 있는 촌노에 불과했지만 일찍이 일본에 유학을 가 일본 황족과 귀족들이 주로 다닌다는 학습원대학(學習院大學) 문학부(文學部)를 졸업한 재원이었다.

일어, 중국어, 영어에 러시아어까지 능통했다.

지금이야 혀를 다쳐 말을 할 수 없지만 예전에는 통역을 할 만큼 유창하게 구사했다.

물론 지금도 읽고 쓰는 것은 아무 문제가 없었다.

한마디로 경천동지할 일이었다.

구한말 일제 강점기 그 암울했던 시대에 조선 사람으로서 그것도 남자도 아니 여자가, 당시의 사회상을 바추해 볼때 일본제국의 학습원대학을 졸업했다는 것은 정말 하늘이 놀라고 땅이 흔들릴 만했다.

그만큼 이국 여사의 총기나 집안이 만만찮다는 반증이었
고!

─황제의 귀환! 골프황제 김완이 돌아왔다.

─골프황제 김완! 안방에서 한 시즌 두 자리 승수를 기록
할 것인가.

─황제의 탐라대첩을 염원한다.

─올해 골프황제의 유종의 미는 PGA투어 26승? 27승?
28승?

─그랜드슬램을 놓친 골프황제 김완! 제주도에서 한풀이
를 하나.

─올 가을은 골프황제의 정점을 찍는 퍼펙트한 계절이
될 것이다.

국내 각 신문 일면에는 대문짝만 한 활자로 이렇게 제목
을 뽑으면서 김완의 훤칠한 전신사진을 싣고 있었다.

이국 여사가 이번에는 뉴욕 타임지와 마이니찌 신문을
집어 들었다.

미국 신문이나 일본 신문이나 역시 스포츠 면에는 김완
의 기사가 큼직하게 실려 있었고 골프 킹이 어쩌고 하면서

기사를 세세히 다루고 있었다.

—황제라 황제라! 우리 아가가 이젠 전 세계의 백성들에게 황제로 불리는구나. 황제!

이국 여사가 감동을 받은 듯 신문들을 안은 채 몸을 가늘게 떨었다.

—이렇게… 이렇게 깊은 뜻이 계셨을 줄이야? 불타께서 왜 그 오랜 세월 동안 이 몸을 데려가지 않으셨는지 이제야 좀 알 듯하다.

이국 여사가 천천히 대문을 닫고 사랑채 옆에 붙어 있는 장작더미가 잔뜩 쌓여 있는 헛간 쪽으로 몸을 돌렸다.

뉴욕 타임지와 마이니찌 신문을 자연스럽게 읽는 할머니 이국 여사.

골프황제 김완의 고조모, 김완 집안의 가장 큰어른이었다.

쨍쨍쨍—

이국 여사가 신문을 헛간 옆에 내려놓고 광문 앞에 걸려 있는 쨍과리를 쳤다.

컹! 컹컹!

개 짖는 소리가 요란하게 들리며 집 안의 이곳저곳에서 개들이 딜러오는 소리가 들렸다.

이국 여사가 헛간 옆에 달린 광문을 열고 들어갔다.

그 옛날에는 마굿간쯤으로 쓰였을 헛간은 지금은 통나무로 튼튼하게 짜놓은 큼직한 개집들과 장작들로 꽉 차 있었다.

이국 여사가 개 집 앞에 놓여 있는 밥그릇에 사료를 담기 시작했다.

밥그릇 수가 무려 열 개나 됐다.

개가 열 마리나 된다는 뜻이었다.

충분히 이해가 됐다.

이 넓은 집을 지키려면 적어도 열 마리쯤의 개가 필요할 테니까!

이제는 많이 알려졌지만 골프황제 김완의 유일한 취미가 개 키우기였다.

특히 초대형 맹견을 좋아해서 도사 세퍼트, 도베르만, 캉갈, 로트와일러, 사자개 등 다양한 견종들을 키웠다.

김완이 애견가라는 것은 헛간에 지어놓은 개집만 봐도 쉽게 알 수 있었다.

통나무로 만든 개집은 전용면적(?)이 족히 두 평쯤은 돼보였는데 추위와 더위를 막기 위해 볏짚으로 내부마감을 했고 장작더미로 외부마감을 해서 웬만한 팬션 못지않았다.

또 김완은 손님이 올 때를 제외하고는 절대 개들을 묶어

놓지 않았다.

철저하게 훈련을 시켜서 돌담으로 에워 쌓인 이 고옥 안에서 풀어놓고 키웠다.

그 덕분에 할머니들만 살고 있는 이 〈오 할머니 댁〉은 한 번도 도둑 같은 불청객들이 침입한 적이 없었다.

어쩌면, 김완이 맹견들을 키우는 것은 늙은 할머니들을 지키기 위한 의도적인 취미였는지도 몰랐다.

개밥을 주고 손을 깨끗이 씻은 이국 여사가 안방에 들어가 안경을 쓴 채 신문더미를 앞에 놓고 가위를 들었다.

조심스럽게 김완의 기사가 수록된 부분을 오려냈다.

신문 스크랩!

신문을 보면서 김완에 대한 기사를 발견하면 정성스럽게 오려 차곡차곡 앨범에 스크랩하는 일은 이국 여사의 중요한 일과 중 하나였다.

이국 여사가 손자에게 주는 사랑 가운데 하나였고!

─보았느냐 이놈들아? 우리 아가가 이제는 명실공이 세계를 주름잡는 황제가 됐다.

부르르─

돌연, 열심히 신문에서 김완의 기사를 스크랩하고 있던 이국 여사의 손이 떨렸다.

─내 우리 아가를 위해 지나간 모든 흉사는 가슴에 묻고 혼인을 허락했거늘……. 일본제국의 살쾡이로서 내 남편과 내 아들을 고발하고 수많은 독립지사들을 밀고해 받은 그 핏값으로 오늘날 몇 푼 벌었다 해서 감히 우리 집안을 모욕해?

이국 여사가 눈을 빛냈다.

─이제 죽은 신가 놈이 살아 돌아와 우리 집 앞에서 멍석을 깔고 삼배구고두래 아니 삼천배구고두례를 해도 우리 아가와의 혼인는 불가하다.

퍽!

한순간, 이국 여사의 손에서 가위가 날아가 벽에 박혔다.

삼천배구고두례(三千拜九敲頭禮)!

삼천 번 절하고 한번 절할 때마다 아홉 번 이마를 땅에 찧는 의식.

옛날 병자호란때 인조가 청나라 황제에게 삼전도에서 항복을 할 때 삼배구고두래라는 치욕적인 의식을 행했다.

이국 여사는 거기에 공을 세 개나 더 붙였다.

삼 배가 아닌 삼천 배.

이국 여사의 연치 꼭 백다섯에 당한 치욕!

오년 전에 벌어졌던 〈영화배우 신채린 자살 미수 사건〉의 결정적인 단초였다.

스크랩이 다 끝났을 때 이국 여사가 빗자루와 쓰레받기를 들고 곧 바로 골프 연습장으로 향했다.

아흔 아홉 칸짜리 한옥과 골프 연습장!

왠지 말이 안 되는 조합 같았지만 어떤 면에서는 꽤 운치가 있었다.

현재와 과거의 만남.

동양과 서양의 조우.

〈오 할머니 댁〉의 대나무 숲 옆에 그림처럼 자리 잡은 이 골프 연습장은 원래 골프 마니아였던 김완의 아버지가 열 평 남짓하게 지었던 것을 김완이 사시사철 사용할 수 있도록 넓고 튼튼하게 개축을 했다.

웬만한 인도어 골프장을 능가하는 초현대식 골프 연습장이었다.

싹싹싹.

이국 여사는 이 넓은 골프 연습장을 일 년 내내 하루도 빠짐없이 청소를 했다.

그것도 아침저녁으로! 사랑하는 손자를 떠올리며.

노세 노세 젊어서 노세. 늙어지면 못 노나니 얼씨구절씨구 차차차!

이국 여사의 뺨에 송골송골 땀방울이 맺힐 때, 갑자기 이국 여사의 품에서 요란한 컬러링이 들렸다.

이국 여사의 고손녀요, 김완의 여동생인 김선우가 심혈을 기울여 만든 작품이었다.

COOK! 나 방금 한국에 도착했어.

서울에서 일 끝내는 대로 내려갈게.

미국에서 블랙 그라마 밍크 롱코트 한 벌 사왔어.

꽤 멋있더라구!

COOK 아가씨한테 아주 잘 어울릴 거야.

기대해 하하하.

늘 COOK을 사랑하는 남자 와니.

이국 여사가 재차 확인 하려는 듯 눈을 비비고 휴대폰을 들여다봤다.

틀림없이 김완이 보낸 문자 메시지였다.

—아, 아가가 왔다구!?

갑자기 이국 여사가 흥분을 했는지 휴대폰을 쓰레받기에 던졌다.

—이이, 이런 정신머리하고. 전화기를 어디다 던지는

거여?

이국 여사가 황급히 휴대폰을 꺼내 소매춤에 문질렀다.

그리고 또다시 김완이 보낸 문자 메시지를 천천히 읽었다.

김완은 말을 못하는 이국 여사에게 전화를 하기보다는 문자를 주로 보냈다.

그것도 이국 여사의 이름을 부르며 흡사 사랑하는 애인에게 편지를 쓰듯.

평소 김완과 이국 여사의 사이가 얼마나 살가운지 짐작할 수 있었다.

이제 이국 여사는 김완이 집에 도착하는 날까지 적어도 한 시간에 한 번씩은 이 문자를 반복해서 읽을 것이다.

그 옛날 우리 할머니 할아버지들이 아들이나 손자가 보낸 편지를 정성껏 읽듯 말이다.

—이 녀석이 무슨 밍크코트를 다 사왔대? 무척 비쌀 텐데…….

이국 여사가 정말 기대가 되는지 얼굴에 홍조가 가득했다.

백십여 년의 장구한 세월!

이국 여사는 이 긴 시간을 살아오면서 참으로 수많은 남자들을 만났다.

일본 유학시절 일본 황실의 천황부터 황태자 백작 남작으로 불리는 귀족들까지 여러 남자들을 만나봤고 통역일을 하면서 러시아, 독일, 중국의 고관대작들도 겪어봤다.

또한 조선의 선각자라는 사내들과 모임을 갖기도 했다.

짧은 시간이었지만 남편을 만나 살면서 아들을 낳고 키워도 봤고!

하지만 그 어떤 남자도 자신의 고손자인 김완과는 비교가 안 됐다.

이국 여사가 지켜본 김완은 천하를 다스리는 황제, 제황의 재목이었다.

─흘흘흘! 밍크코트라고? 개발에 편자라더니……. 당장 죽어도 이상하지 않을 할망구에게 무슨 밍크코트를 사오누! 우리 아가는 정말…….

이국 여사가 재차 메시지를 읽어보며 환하게 웃었다.

─미제 블랙 그라마 밍크코트를 입어 보기 위해서라도 올 겨울은 넘겨야 되겠구먼!

이국 여사가 다시 휴대폰을 정성스럽게 닦아 품속에 간직했다.

백 세가 넘은 큰할머니에게 밍크코트를 선물하고 아흔이 넘은 둘째 할머니에게 프랑스 명품 핸드백을 선사하는 남자가 바로 김완이었다.

사람을 대할 때 절대 편견을 갖지 않는 사람.

이국 여사가 김완을 황제의 재목이라고 칭송하는 이유 중 하나였다.

골프 연습장 청소를 끝낸 이국 여사가 이번에는 빗자루 대신 큼직한 바구니를 들고 〈오 할머니 댁〉의 유일한 수입 원인 밤나무 숲으로 올라갔다.

당연히 유일한 수입원이란 말은 김완이 프로골퍼로 활동하기 이전 얘기다.

지금은 김완이 골프 대회 하나만 출전해도 그 초청료만 으로도 밤나무 숲 전체를 사고도 한참이나 남을 돈이 들어 왔으니 더 이상 말이 필요 없었다.

이국 여사가 바구니를 든 채 천천히 밤나무 숲을 거닐면 서 밤을 주웠다.

도베르만 두 마리, 이글과 버디가 호위하듯 따라왔고!

실은 〈오 할머니 댁〉의 밤은 일주일 전에 장사꾼들이 와 서 모조리 따갔다.

그래도 이국 여사는 추수한 논에서 이삭을 줍듯 밤나무 숲을 찬찬히 살피며 채 가져가지 못한 밤들을 줍고 있었다.

알다시피 밤은 한국, 일본, 중국, 유럽, 미국 등 세계 각처 에서 생산되는데, 우리나라 밤은 서양 밤에 비해 육질이 좋고 단맛이 높아 가장 우수한 종으로 꼽힌다.

그 품종 또한 다양해서 옥광, 산성, 백중, 포천, 단택, 이취, 삼조생, 이평, 축파, 산대, 장위, 순성, 판율 등 십여 가지가 넘었다.

〈오 할머니 댁〉에서 키우는 밤나무는 무려 천 그루가 넘었는데 그 유명한 공주 옥광 밤나무였다.

옥광 밤은 우리가 알고 있는 보통 밤보다 조금 작았지만 그 육질이나 단맛이 아주 뛰어났다. 특히 〈오 할머니 댁〉에서 나오는 밤은 계룡산 밑에서 자라서 그런지 그 품질이 좋아 없어서 못 팔 지경이었다.

덕분에 〈오 할머니 댁〉은 다른 농가들처럼 논농사나 밭농사를 짓지 않았음에도 밤을 팔아 나오는 수입으로 일 년 생활비를 충당했던 것이다.

이국 여사가 다시 허리를 굽힌 채 여기저기 떨어진 밤들을 하나하나 주웠다.

한순간, 이 국의 여사의 눈길이 여느 밤나무와는 달리 나이를 꽤나 먹은 듯 가지들이 무성하고 어른 한 명이 감싸도 될 만큼 큼직한 밤나무에 멎었다.

재미있게도 이 밤나무에는 굵은 밧줄로 만든 그네가 매어 있었다.

아주 오래전에 김완 남매를 위해 이국 여사가 만들어준 그네였다.

          ＊   ＊   ＊

삐꺽삐걱!

갈래머리를 딴 다섯 살쯤 된 여자아이가 그네를 타고 있었다.

김완의 여동생인 김선우였다.

중학교 일 학년쯤 된 김완이 그네를 밀어줬다.

"엄마 아빠… 언제 와 오빠?"

"왜… 보고 싶어?"

"응! 아빠는 짤 모르겠는데 엄마는 넘 보고 싶어."

"아마 오래 걸리실 거야. 이번에는 아주 먼 나라로 일하러 가셨대!"

"먼 나라? 어느 나란데?"

"하, 하늘나라라구 하시더라고!"

"하늘나라? 하늘나라가 왜 멀어? 저기 새파랗게 보이는 나라가 하늘나라잖아?"

"헤에— 그렇구나! 그럼 내가 그네를 세게 밀어줄 테니까 저 하늘나라에서 엄마 아빠를 찾아봐."

"좋이! 세게 밀어줘 오빠!"

김완이 그네를 힘차게 밀었다.

"와 진짜야. 봐봐 오빠! 저기저기 엄마랑 아빠 얼굴이 보여."

"어 정말? 아빠 엄마다."

새파란 하늘 위로 아주 착한 중년 부부처럼 생긴 구름이 떠가고 있었다.

"엄마 아빠— 빨리 와. 써누가 보고 싶단 말이야!"

"바보야! 더 크게 불러야지 안 들리시잖아?"

"엄마— 아빠! 써누랑 오빠 큰할머니 집에서 그네 타. 낼 꼭 와! 알았찌?"

씨이이잉!

김완이 눈물이 그렁그렁한 눈을 훔치며 힘차게 그네를 밀었다.

—그날, 아가는 제 애비 애미가 죽은 뒤 처음 눈물을 보였다. 그 후 지금까지 눈물은커녕 얘기조차 꺼낸 적이 없었다. 단 한 번도!

이국 여사의 눈에 눈물이 비쳤다.

—신기한 일이구먼! 백 년이 넘도록 쏟았는데도 아직도 나올 눈물이 남았었나?

그때 뒤에서 탁한 남자의 음성이 들렸다.

"큰조모님 나오셨습니까?"

이국 여사가 천천히 몸을 돌렸다.

반백의 머리에 허름한 작업복을 걸친 오십대 후반의 전형적인 농촌 아저씨.

송병시가 공손히 허리를 접으며 인사를 했다.

이국 여사가 인자한 미소를 띠며 고개를 주억거렸다.

―송 서방이 고생이 많구먼그려.

이국 여사는 평소 좀처럼 말을 하지 않았지만 꼭 할 말이 있을 때는 양손을 놀려 수화(手話)로 의견을 전달했다.

집안사람들은 대부분 알아들었고!

"갈산 탁 이장 집에서 추수를 끝냈다고 해서 볏짚을 좀 얻어왔습니다.

송병시가 밤나무에 볏짚을 감으며 말했다.

―잘했구먼! 올 겨울은 유난히 춥고 일찍 온다니 서두르는게 좋아.

이국 여사가 다시 수화로 얘기했다.

늦가을쯤 농원이나 과수원에 가면 볏짚 등을 나무에 감아주는 것을 볼 수 있다.

이를 잠복소(潛伏所)라고 하는데 겨울이 되면 벌레들이 월동을 위해 이 잠복소에 모여든다. 봄에 일제히 수거하여 태워버리면 쉽게 해충들을 제거할 수 있고.

이를 약간 어려운 말로 해충포집기라고도 부른다.

지금 송병시가 바로 해충포집기를 만들고 있었다.

—그려! 송 서방 고생도 이제 끝나가는구먼. 내년 가을에는 이 할멈이 요 똘망똘망한 녀석들을 볼 수 없을 것 같으니 말이여!

"……!"

이국 여사가 바구니에 담긴 알밤을 쳐다보며 자신의 죽음을 예견하는 듯한 말을 흘리며 돌아서자 송병시가 움찔했다.

송병시는 김완의 다섯째 할머니인 윤정 여사의 먼 인척으로 김완의 시골 친구인 송일섭의 아버지이기도 했다.

남자들이 없는 김완 집안의 대소사를 오랫동안 도와왔고!

송 서방 고생도 이제 끝나간다?

무슨 말씀이신가?

이국 여사가 다리를 절뚝이며 도베르만 두 마리, 버디와 이글과 함께 천천히 밤나무들이 우거진 언덕 쪽으로 올라갔다.

혹시? 그럴 리가 없지!

지난 삼십여 년 동안 아무 일도 없었거늘.

송병시가 이국 여사가 사라진 밤나무 언덕을 쳐다보며 눈을 빛냈다.

삼십 년…… . 벌써 삼십 년이 흘렀나?

다시 볏집을 천천히 나무에 감기 시작했다.

─언제봐도 좋구먼! 저녁노을에 빛나는 동(銅)기와의 모습은 참으로 멋있어.

겨우 해발 칠팔십 미터나 될까?

이국 여사가 밤나무들로 에워 쌓인 야트막한 산 위에 서서 붉은 석양 속에서 황금빛으로 물들어 가는 고옥을 내려다봤다.

─흡사 대찰을 보는 것 같기도 하고 궁궐을 보는 것 같기도 혀.

김완이 태어나고 자란 집.

이국 여사가 팔십여 성상을 살아온 집.

아흔 아홉 칸이나 되는 한옥이었다.

이 한옥을 삼 년 전에 김완이 대대적인 보수공사를 했다.

그중 대표적인 것이 지붕공사였다.

오래된 낡은 토기와들을 헐어버리고 단가가 엄청나게 비싸 박물관이나 유명사찰에서나 겨우 시공한다는 반영구적인 청동기와를 올렸던 것이다.

─우리 집안에서 다시 항제로 불리는 후손이 태어날까?

─흘흘흘! 남이 들으면 치매 걸린 늙은이라고 욕하겠구

먼. 그럴게야! 우리 아가도 내가 일 갑자가 넘도록 불타게 치성을 드려 겨우 얻은 금동자거늘.

이국 여사가 기분이 몹시 좋은 듯 날카로운 매눈 위로 웃음이 번졌다.

―황제에 등극했다면 황제의 권위를 유지하기 위한 통치 자금이 필요한 법이지. 이 할미가 죽을 때 우리 아가에게 밍크코트값을 주고 가야겠구나. 암! 줘야지.

통치자금(統治資金)!

꽤 오래전에 우리나라의 어떤 대통령이 다음 대 대통령에게 얼마인가의 돈을 넘겨주면서 통치자금이라는 말을 언급해 세간의 화제가 된 적이 있었다.

그제야 많은 국민들이 대통령끼리 주고받는 통치자금이란 존재를 알게 됐고, 그리 곱지 않은 시선으로 두 사람을 흘겨봤다.

또 지구상에서 가장 폐쇄적인 국가라는 북한에서도 김일성이 죽으면서 아들인 김정일에게 막대한 자금을 통치자금으로 물려줬다는 기사가 심심찮게 매스컴에 오르내렸고!

놀랍게도 그 통치자금이란 단어가 지금 이국 여사의 뇌리에 떠오르고 있었다.

이미 구십 년 전에 잃어버렸던 어휘였다.

"연락받으셨습니까? 완이 녀석이 서울에 도착했답니다,

어머님!"

이국 여사가 사색을 끝내고 막 몸을 돌릴 즈음 유리창이 깨지는 듯한 음성이 밤나무 숲을 울렸다.

시커먼 몸뻬 바지에 국방색 스웨터 차림에 큼직한 배낭을 메고 대나무 지팡이를 짚은 채 흙투성이 등산화를 신고 있어, 흡사 오랫동안 산속에서 은닉해 있다가 내려온 무장 공비처럼 보이는 뚱뚱한 할머니.

이국 여사의 며느리며 김완의 증조모, 둘째 할머니 석초란 여사였다.

—그려! 아가가 방금 문자를 보냈구나.

이국 여사가 반갑게 고개를 주억거리며 수화로 대답했다.

"존안이 도홧빛인걸 보니 녀석이 어머님 맘에 드는 선물이라도 가져왔나보군요, 켈켈!"

석초란 여사가 얼굴에 굵게 파인 칼자국을 씰룩거리며 말했다

—내 귀신을 속이지 애미를 속이겠나? 블랙 그라마라고 미국산 명품 밍크코트를 한 벌 사왔다는구나.

"부, 부랙 구루마요?? 구루만지 딸딸인지 모르지만 쫌 기분이 거시기하네요. 지놈의 무술사부요, 주치의인 이 둘째 할미에게는 고작 등산복 몇 벌을 사왔다면서 어머님께는

밍크코트라뇨? 사람차별을 해도 분수가 있지!"

질투!

인간의 본성은 죽기 전에는 바뀌지 않는다는 것을 지금 석초란 여사가 잘 보여줬다.

시어머니 앞에서도 속에 있는 말을 거침없이 내뱉는 석초란 여사의 성품도 보여줬고!

―흘흘! 그럼 애미 등산복과 내 밍크코트를 바꾸자꾸나.

이국 여사가 야릇한 미소를 흘리며 선뜻 딜을 제의했다.

"바꾸자구요?! 모, 모양이 좀 빠지지 않을까요? 손자 녀석이 사온 선물을 흙냄새 나는 할망구들이 주책없이……."

―괜찮다. 난 가볍고 따뜻한 아웃도어 쪽이 훨씬 좋단다.

"뭐가 아, 아웃됐다구요, 어머님?"

―애미가 시내에 나가서 알아보거라! 유명 메이커 등산복이나 등산화들은 우리 같은 늙은 것들은 감히 구경하기도 겁 날 만큼 비싸단다. 더욱이 혹한기에 입는 퀄리티 높은 구즈 다운이나 덕 다운으로 만들어진 등산복은 밍크코트 뺨친다.

"구두따운……?"

이국 여사가 구즈 다운이니 덕 다운이니 하는 전문용어까지 사용하며 최신 등산용품들의 품질을 설명하자 석초란 여사가 질렸다는 듯 눈을 껌뻑이며 말을 더듬었다.

―보나마나 우리 아가 성품으로 미뤄, 애미에게 사온 선물들은 아웃도어 쪽의 세계적인명품들로 골라왔을 게다. 친정에 갈 때 그것을 입고 북경 시내든 중경 시내든 돌아다녀 보거라. 하면 이 애미 말을 십분 믿게 될 터이니……

확실히, 이국 여사는 우리가 상식적으로 알고 있는 그런 할머니가 아니었다.

정녕 나이가 숫자에 불과한 선지자였다.

이미 컴퓨터에도 능해 인터넷과 이제 막 열풍이 불고 있는 스마트 폰까지 자연스럽게 사용할 줄 아는 무시무시한 할머니였다.

"켈켈켈! 어머님도 참……. 제가 우스개 한 번 한 걸 가지고 그렇게 길게 말씀하십니까? 개그였습니다요. 개그요!"

―흘흘흘! 그랬더냐? 이 애미가 개그 쪽은 약해서, 한데 등에 지고 있는 것은 무어냐? 약초를 캐온 게냐?

"예! 완이 녀석이 지난번 테레비에서 중계해준 삐지에 쩸삐온인가에서……."

―그래! 미국 PGA 투어중 4대 메이저 대회인 PGA 챔피언십에서 이 등을 했지.

"예예, 그 대회요! 녀석이 체력이 떨어져서 일등을 못한 것 같기에 삼(蔘)을 좀 캐오는 길입니다. 기운이 펄펄 나는 보약을 좀 해 먹이려구요."

"와! 역시 애미가 최고구나. 우리 집안의 보배여!"

이국 여사가 흐뭇한 얼굴로 수화를 하며 석초란 여사를 띠웠다.

오랫동안 산속의 비트 속에 숨어 있다가 내려온 무장공비 같은 풍모의 석초란 여사.

이순을 훨씬 넘긴 할머니는 이국 여사와 또 다른 각에서 상식을 깨는 할머니였다.

원래 석초란 여사의 고향은 중국 본토인들조차 가기를 꺼려하는 대곤륜산맥(大崑崙山脈)이 가로지르는 오지(奧地) 중 오지였다.

일본군에게 쫓겨 오지로 숨어든 김완의 증조부와 인연이 닿아 한국으로 시집을 왔고! 그녀가 얼마나 험난한 세상을 살아왔는지 눈썹 부위부터 귀밑까지 길게 그어진 칼자국들을 보면 금방 눈치챌 수 있다.

그랬다.

이국 여사의 표현대로 석초란 여사는 김완 집안의 진정한 보배였다.

김완이 여러 인터뷰에서도 밝혔듯 석초란 여사는 김완의 증조모로서 오늘날 김완을 골프황제로 만든 일등공신이었다.

한치 앞에서 벼락이 쳐도 흔들리지 않는 정신력과 칼날

112 세계 유일의 남자

이 튕겨나갈 정도의 강인한 신체를 갖게 해준 스승.

"어이구, 어머님도 참. 바람이 많이 쌀쌀해졌습니다요.
그만 내려가시죠."

―그러자꾸나. 흘흘흘……

석초란 여사가 한 손에는 대나무 지팡이를 짚고 한 손으
로 이국 여사를 부축한 채 천천히 야산을 내려갔다.

아흔이 넘은 며느리가 백이 넘은 시어머니를 부축하고
걸어가는 모습은 김완 집안에서나 볼 수 있는 광경이었다.

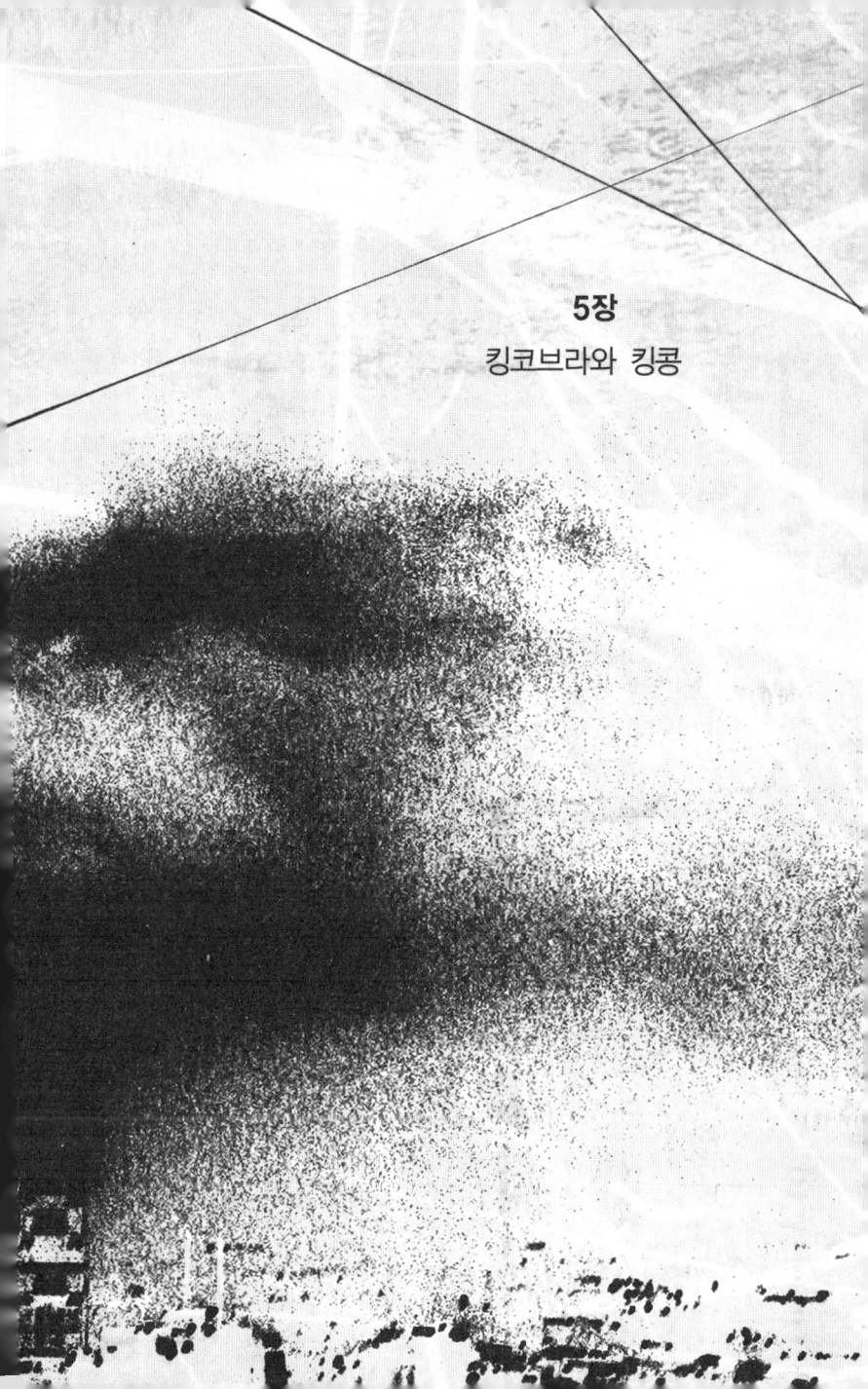

5장
킹코브라와 킹콩

세계 유일의
남자

지금 〈힐링〉팀에서 〈골프황제 김완 편〉을 녹화할 장소인 경기도 안성에 자리한 휘닉스 컨트리 클럽은 국내에서 열 손가락 안에 드는 골프장으로, 그 유명한 타이거 우즈 선수가 우리나라를 방문했을 때 라운딩했던 곳으로 잘 알려졌다.

　수많은 국제 경기를 치룬 골프장답게 화려하게 설계된 서른여섯 개의 정규코스와 열두 개 퍼블릭 코스까지 총 마흔여덟 개 홀을 갖추고 있었다.

　거기에 실내 연습장인 인도어 골프장에 승마장, 테니스

장과 수영장, 사우나 시설까지 겸비하고 있어서 골프 마니
아들에게는 파라다이스와 같은 곳이었다.

웅성웅성!

"조명감독님! 이쪽 좀 더 비춰주세요."

"2번 카메라를 일 미터 쯤 좌측으로 이동 시켜!"

"그 키보드 이쪽으로 가져와! 이 마이크 왜 먹통이야?"

이십여 개의 조명등이 대 낮처럼 밝히고 있는 오늘 〈힐
링〉이 촬영될 휘닉스 CC VIP동 라운지에서는 사십여 명
의 스태프이 부지런히 움직이며 녹화 준비에 여념이 없었
다.

가을이 턱밑까지 다가온 구월 말 오후 8시가 조금 넘은
초저녁이었다.

"역시 내가 사람은 잘봐!"

남 차장이 아까부터 〈힐링〉의 진행자인 개그맨 천진규,
김한조, 탤런트 오정희 등과 함께 대본을 펼쳐 놓고 리허설
을 하는 황연주를 흐뭇하게 바라보며 중얼거렸다.

실은, 황연주 PD가 〈힐링〉의 제작진에 가담하게 된 것은
연초에 남 차장이 예능본부장집까지 쫓아가 매달린 덕분이
었다.

서울대학교를 졸업한 집안이 빵빵한 미모의 여성 PD!

남 차장이 황연주를 스카웃한 이유였다.

남 차장은 PD로써 십여 년 동안 방송사에 근무해 오면서 세칭 SKY로 대변되는 일류대를 나오지 못한 데 대해 엄청난 자괴감을 느끼고 있었다.

방송사의 노른자위라는 기자 PD 아나운서는 말할 것도 없고 기획부서나 운영부서 관리부서 등 행정부서조차 서울연 고대 출신들이 모조리 장악하고 있었기 때문이다.

DBS 예능본부에 근무하는 56명의 PD중 서울대 출신만 30명이 넘었으니 더 이상 무슨 설명이 필요하랴!

언뜻 생각하면 방송사에 서울대 출신이 많든 적든 남 차장하고 별 관계가 없을 것 같지만 절대 그렇지 않았다.

괜찮은 아이템이 있어서 어떤 프로그램을 제작하려고 예산이나 인력의 수급을 위해 사내 관계자들을 만나면 시작부터 삐걱거렸다.

SKY출신 동기들은 왠지 부드럽게 나가는 것 같았고.

해서 남 차장은 꾀를 냈다.

자신이 제작하는 프로그램 스태프들을 가급적이면 SKY 출신들로 구성했으며 뭔가 아쉬운 일이 생기면 서울대 출신인 이 PD나 황연주를 시켰다.

그럼 만사형통이었다.

이민 일민 해도 그렇다.

황연주가 무슨 재주를 부렸는지 대통령보다 만나기 힘들

다는 두 남녀 스타, 프로골퍼 김완과 영화배우 신채린을 게스트로 섭외했고 떡 하니 휘닉스 CC까지 빌려놨다.

아무리 잘나가는 메이저 방송사의 PD도 게스트 섭외는 어찌어찌할 수 있겠지만 이런 골프장을 촬영 장소로 빌린다는 것은 아주 지난한 일이다.

더욱이 오늘 같은 주말에 골프장을 빌려달라는 것은 방송사에 가서 밤 9시 뉴스를 진행하기 한 시간 전쯤 스튜디오를 빌려달라고 하는 것과 똑같다.

한데 지금 봐라!

퇴근시간이 한참이나 지났는데도 십여 명의 휘닉스 CC 직원들이 나와 마치 〈힐링〉의 스태프들처럼 열심히 일을 도와주지 않는가?

이게 모두 서울대를 나왔고 집안이 빵빵한 황연주 파워였다.

물론, 어느 조직이든 예외는 있다.

"같은 서울대를 나왔는데도 저놈은 완전 먹튀야!"

남 차장이 사람 능력을 꿰뚫어 보는 자신의 놀라운 혜안과 황연주의 유능함에 헤벌쭉 하다가 이 PD를 보곤 투덜댔다.

"우리는 언제나 이 멋진 곳에서 골프를 즐길 수 있을까요?"

"뭐, 국장 달면 가능하겠지! 가끔 국장님들과 본부장님이 골프 얘기를 하시더라고."

이우성 PD가 통유리로 만들어진 라운지 앞에 서서 환하게 밝혀진 골프장의 야경을 내려다보며 넋두리하자, 남 차장이 떨떠름한 얼굴로 대꾸했다.

"흐흐! 국장은 돼야 골프를 할 수 있다면 차장님은 아웃이네요. 부장까지만 해먹고 회사 때려치운다면서요?"

"야! 이우성이 너−"

그동안 이 PD의 콧구멍 쑤시는 멘트를 꾹꾹 참았던 남 차장의 뚜껑이 완전히 열렸다.

띵동땡! 띵동땡!

남 차장이 막 이 PD를 개박살 내려고 할 때 황연주의 휴대폰이 울렸다.

"차장님! 김완 선수가 십 분 뒤에 도착한대요."

"그, 그래? 그럼 빨리 영접을 나가야지. 골프황제께서 오시는데!"

황연주가 메인 게스트 도착 소식을 알리자 남 차장이 이 PD의 싸가지없는 말을 애써 허공으로 날리며 대답했다.

"천진규 씨, 황 PD! 카메라 감독 조명 감독! 모두 로비 앞으로 내려갑시다."

"옛! 차장님."

남 차장이 황연주 등 소 두목들을 데리고 황급히 라운지를 내려갔다.

*   *   *

끼익!

뛰어난 방탄 성능을 보유하고 있어 국가 원수 레벨의 VVIP들이 즐겨 탄다는 메르스데스 벤츠S 600L 풀만 가드 승용차 한 대가 휘닉스 CC 클럽 하우스 로비 앞에서 미끄러지듯 멈췄다.

벤츠 승용차의 뒤 좌석 문이 열리며 훤칠한 이십대 청년이 차에서 내렸다.

짙은 구릿빛 피부에 이 대 팔 가르마를 타고 무스를 약간 발라서 넘긴 짧은 머리는 그대로 화이트 칼라풍의 젊은 신사!

골프황제 김완이었다.

'아후― 선배는 여전히 눈 부서. 가슴이 쾅쾅거릴 만큼!'

황연주가 얼굴을 붉힌 채 차에서 내리는 김완을 지켜보며 어쩔 줄을 몰랐다.

김완이 오늘 〈힐링〉의 게스트로 출연하게 된 것은 순전히 황연주의 노력 덕분이었다. 황연주가 얼마나 졸랐으면 김완이 인천공항에 도착하자마자 이곳으로 달려왔을까.

실은, 황연주가 김완 섭외에 그토록 공을 들인 것은 〈힐링〉의 시청률 때문이기도 했지만 김완이 너무 보고 싶었기 때문이었다.

지금까지 누구에게도 말하지 못한 채 가슴속 깊이깊이 숨겨왔지만 황연주는 대학 시절 김완을 짝사랑했다.

그 짝사랑은 아직도 진행 중이었고!

"와주셔서 고마워요 선배! 진짜 진짜 보고 싶었어요."

황연주가 얼굴을 붉힌 채 김완의 손을 탑삭 잡았다.

"자식— 니가 얼마나 쪼아댔는지 아직까지도 귀에서 환청이 들려, 임마!"

김완이 짐짓 인상을 쓰며 말을 받았지만 신기하게도 듣는 사람은 그 말투가 너무 따뜻하고 다정하게 느껴졌다.

"헤헤헤, 죄송! 이따 녹화 끝나고 맛있는 콩나물 해장국 사 드릴게요."

"치사한 녀석! 이역만리를 날아 왔는데 고작 콩나물 해장국이냐?"

"저 겨우 이 년 차 PD예요, 선배!"

"어이구, 그래. 불쌍한 우리 이 년 차 PD 황연주! 안심해라. 내가 콩나물 해장국 곱빼기로 사주마."

"해애— 그럼 더 좋구요."

김완이 황연주의 볼을 톡톡 치며 특유의 부드러운 음성으로 너스레를 떨자 황연주가 머리를 긁으며 얼굴을 황급히 돌렸다.

김완의 손이 얼굴에 닿자 갑자기 전기에 감전된 듯 짜릿한 전율이 흐르며 눈물이 왈칵 쏟아질 것 같았다.

황연주는 대학교 일학년, 〈서울패〉에 들어가 신입부원 환영회 때 처음 만난 김완에게 느꼈던 컬쳐 쇼크, 문화적인 충격이 아직도 가시지 않았다.

훤칠한 키와 영화배우 같은 외모에 피아노를 기가 막히게 연주하는 법대 남학생.

거기에 골프까지!

황연주가 소녀시절부터 꿈꿔왔던 이상형의 남자, 딱 그 남자였다.

하지만 곧 자신이 꿈꿔왔던 이상형은 모든 여학생들이 꿈꾸는 이상형이었다는 드림 쇼크가 찾아오면서 끝내 좋아한다는 말 한마디 못하고 대학 시절을 마감했다.

그 남자를 삼 년 전쯤 먼발치에서 한 번 보고 오늘 다시 만나게 된 것이다.

〈힐링〉의 메인 게스트 섭외라는 명목으로 무려 구 개월이 넘도록 쫓아다녀서.

"하하! 아무튼 열심히 일하는 모습을 보니까 좋다, 황연주!"

"헤헤헤, 저도 선배를 만나서 너무너무 좋아요!"

"……!"

그때, 남 차장과 이 PD가 서로 원수사이라는 것을 잠깐 잊고 놀란 눈으로 마주봤다.

두 사람은 황연주와 함께 이 년이 다 되도록 일해 왔지만 지금처럼 애교가 듬뿍 섞인 웃음을 날리며 꼬리를 살랑살랑 치는 모습은 처음 보고 처음 들었다.

사흘 전 조재근 기자를 한 방에 날려 버린 것처럼 황연주는 자신의 마음에 들지 않으면 상대가 설혹 DBS회장이라 할지라도 짤없는 당찬 성격이었다.

'김완 선수한테 맛이 간 여자가 여기 또 있었네!'

'황 PD를 서브 게스트로 할걸 그랬나?'

두 사람의 눈은 이렇게 말했다.

곧, 족제비눈으로 김완을 살펴본 남 차장과 이 PD는 황연주를 충분히 이해했다.

김완은 여자들에게 작업을 할 때 굳이 잘생긴 외모나 세계적인 골퍼라는 명함을 보여줄 필요조차 없었다.

목소리와 분위기면 그냥 끝이었다.

보통 남자들에게서는 좀처럼 찾을 수 없는 아주 맑고 청아한 미성으로 어떤 사람이든 한번 들으면 좀처럼 잊을 수 없는 매력적인 보이스 칼라의 소유자였다.

게다가 한없이 착해 보이는 눈빛과 몸 전체에서 풍기는 따스한 분위기는 운동선수가 아니라 무척이나 선량한 학자의 풍모였으니…….

여자들이 좋아하는 것을 일부터 백까지 모조리 갖춘 남자였다.

"아참, 석 팀장님! 그거 주세요."

김완이 미소를 띤 채 매니저를 불렀다.

"예, 전무님!"

짧은 스포츠머리에 깡마른 삼십대 사내가 돌고래처럼 늘씬한 골프 가방을 김완에게 건넸다.

"인사하세요, 석 팀장님! 지난 일월부터 한 시간 전까지 날마다 전화질 한 놈이에요."

"석천평입니다. 반갑습니다!"

"귀찮게 해서 죄송해요, 석 팀장님!"

석 팀장이 정중하게 인사를 했기에 황연주가 자신도 모르게 허리를 깊숙이 숙였다.

황연주도 여타 스포츠담당 기자들처럼 석 팀장이 김완의 먼 인척으로 일본 JPGA 투어에서 선수 생활을 시작할 때부터 곁에서 도와준 매니저라는 것을 잘 알고 있었다.

'오늘 선배를 만나서 너무 흥분했나? 왜 금방 봤던 사람 얼굴이 기억나질 않지?

황연주가 고개를 갸우뚱하며 막 얼굴을 돌리는 석천평을 쳐다봤다.

짧은 스포츠머리에 그냥 평범한 용모의 사내였다.

아니, 결코 평범하지 않았다.

얼굴이 없는 사내였기 때문이다.

'얼굴이 없는 사내? 말 돼?'

황연주가 쓴웃음을 지으며 다시 한 번 석천평의 얼굴을 살폈다.

분명히 짧은 스포츠머리의 평범한 삼십대 사내였다.

한데, 고개를 돌리기 무섭게 얼굴을 잊어 버렸다.

마치 실체가 없는 그림자를 보는 듯했다.

"……?"

황연주가 어떤 기이함을 느끼며 이번에는 자세히 석천평을 살폈다.

반짝!

그 순간, 석 팀장이 황연주에게 보일 듯 말 듯한 미소를 흘리며 몸을 돌렸다.

흑! 황연주가 마른 비명을 삼키며 반사적으로 자신의 뺨을 매만졌다.

석 팀장의 눈 속에서 아주 예리한 면도칼이 튀어나와 자신의 뺨을 베고 지나가는 듯했기 때문이다.

'뭐, 뭐 저런 사람이 다 있지?'

이상하다 못해 사이한 사람이었다.

분명히 얼굴은 있는데 돌아서면 그 얼굴을 잊어버리는 그림자 같은 남자.

살짝 흘리는 미소가 마치 면도칼로 베는 듯한 느낌의 사내.

석 팀장은 황연주가 상상조차 할 수 없는 세계에서 훈련을 받고 세상에 내려왔다.

그것도 살벌한 경쟁을 뚫고!

황연주는 석 팀장이 보통 사람과 많이 다른 느낌이었지만 곧 잊어버렸다.

지금 황연주의 관심은 온통 김완에게 쏠려 있었기에 석 팀장의 미소가 뺨을 베고 지나가는 정도가 아니라 후려쳐도 몰랐다.

황연주는 지금 김완의 심장이 일분에 몇 번을 뛰는지 세고 있었다.

"골프 시작했다며? 이거 받아!"

"저, 저한테 주시는 거예요, 선배?!"

황연주가 얼떨결에 골프 가방을 받아들며 되물었다.

"미안해! 같이 라운딩하면서 네 스윙이라도 살펴보고 클럽을 골라줘야 하는데 내가 시간이 좀 그래서 말이야."

김완이 정말 미안한듯 얼굴을 붉히며 머리를 긁적였다.

'아후훗! 이 선배⋯ 세계적인 대스타가 됐음에도 전혀 변함이 없어. 학교 다닐 때처럼 여전히 여리고 착해!'

황연주가 새삼스럽게 김완을 훑어봤다.

김완은 그런 사람이었다.

할머니가 아프다고 한밤중에 눈보라 속 삼십 리 길을 뛰어가 의사를 데려온 소년.

잘생긴 외모에 운동과 공부를 모두 잘하는 엄친아였지만 왠지 어리숙하고 만만해 보이는 친구.

그 바쁜 와중에도 후배가 부탁한다고 거절 못하고 허겁지겁 뛰어오는 선배.

우리가 윤리 교과서에서 배웠던 바른 생활의 사내.

전형적인 충청도 양반의 후예가 바로 김완이란 남자였다.

"네 체형에 맞춰서 우드 아이언 웨지 퍼터까지 스무 개쯤 구비해 놨어. 마음에 안 들면 샵에 가서 교환해. 제법 이름 있는 녀석들이니까 쉽게 바꿔줄 거야."

"무리한 거 아니에요, 선배? 이거 무지 비싼 놈들 같은데."

황연주가 감격한 표정으로 골프가방을 살펴보며 말했다.

우드 1번부터 5번까지, 아이어 1번부터 9번까지, 웨지 1번부터 4번까지, 퍼터 하나!

골프 클럽은 이렇게 열아홉 개로 구성된다.

한데, 김완은 황연주를 배려해 골프 클럽들 중에서 몸값이 제일 비싼 놈.

1번 우드 즉 드라이버 하나를 더 넣었던 것이다.

역시 김완다운 마음 씀씀이였다.

골프공을 치는 채를 전문 용어로 클럽이라 부른다.

탁구나 테니스 배드민턴 스쿼시 등은 라켓, 야구는 배트, 하키는 스틱이라고 부르고!

손에 채를 들고 하는 스포츠들은 대부분 한 개만을 사용해 경기를 한다.

물론 수십 개를 놓고 계속 바꿔가며 시합해도 반칙은 아니었지만 경기가 워낙 스피디하고 격렬하게 진행되기 때문에 손에 익숙해진 라켓이나 배트를 바꾸는 것은 집중력이 떨어져 손해를 보게 마련이다.

하지만 골프는 그 운동의 특성상 거리와 각도, 정확도와 쟁애물 등에 따라 우드 아이언 웨지 퍼터 등으로 불리는 클럽들을 바꿔가며 사용한다.

정규시합에서도 사용처가 각기 다른 열네 개나 되는 클

럽을 가지고 다니며 경기를 할 수 있다.

덕분에 골프가 상류층의 스포츠고 사치스러운 운동이라고 비난을 받는 데는 이 골프공을 치는 채, 골프클럽이 단단히 한 몫 했다.

조금 괜찮다 싶은 골프클럽은 한 개 수십만 원에서 수백만 원이 기본이다.

오죽하면 골프클럽 세트가 상납용, 뇌물용으로 유행했을까.

그래서 그런지, 우리나라 아마추어 골퍼들 중에 꽤 많은 사람들이 공을 치러 골프장에 가는 것이 아니라 골프클럽을 자랑하러 골프장에 간다.

친구들과 파트너들에게 새로 산 골프클럽을 장시간에 걸쳐 아주 친절하게 설명해주고!

또, 파트너가 골프장에 올 때 어떤 승용차를 타고 왔고 골프클럽은 얼마나 비싼 것을 사용하며 기타 장비들은 얼마나 고급인지를 꼼꼼히 따졌다.

아니 골프 실력만큼이나 중요시 여겼다.

골프가 상류층에서 즐기는 운동이다 보니 건강증진을 위한 목적보다 친목과 사교, 로비의 목적이 훨씬 컸기 때문이었다.

지금 김완이 황연주에게 선물한 클럽은 황연주가 평생

동안 자랑해도 많이 남았다.

"이 년 차 PD가 사용하기엔 부담이 가겠지만 떼쟁이 황연주가 쓰기엔 충분해."

"에헤헤헤! 골프황제 김완이 친히 클럽을 골라 선물로 주시다니 성은이 하해와 같사옵니다. 친필 서한은 남겨놓으셨죠? 마마!"

"하하! 장문의 러브 레터를 써놓았어."

"어디 어디?"

김완이 연애편지라는 말을 하자 황연주가 후다닥 골프가방을 열었다.

한데, 김완은 아직도 모르고 있었다.

황연주가 김완에게 자연스럽게 접근하기 위해 왕초보 골퍼처럼 얘기했을 뿐이지, 사실 황연주가 골프를 시작한 것은 초등학교 3학년 때였다.

아빠가 골프장 사장님이었기에!

이 휘닉스 CC의 주인도 황연주 아빠였다.

당연히 황연주는 세계적으로 유명한 골프 클럽도 여러 개 갖고 있었고 이제는 골프 클럽을 쓰윽 훑어만 봐도 메이커와 가격대까지 대충 짐작할 수 있었다.

지금도 김완이 선물해 준 클럽들을 보고 세계 최고의 메이커들로 꼼꼼히 구비해 놓았다는 것을 금방 눈치챘다.

황연주는 그래서 더욱 감격했다.

골프황제가 자신을 위해서 이토록 신경을 써주다니.

김완이 선물한 골프클럽과 함께 황연주의 짝사랑은 더욱 깊어져 갔다.

"뭐해? 앞에 계신 분들 소개시켜주지 않을 거야?"

김완이 황제가 내린 하사품을 든 채 헤매는 황연주를 보며 말하자 남 차장이 기다렸다는 듯 손을 내밀었다.

"어이구! 정말 반갑습니다 김완 선수! 먼 길을 오시느라고 고생 많으셨죠? 〈힐링〉을 책임 진 남재욱 차장입니다."

"초대해 주셔서 고맙습니다. 김완입니다.

남 차장과 김완이 환하게 웃으며 악수를 나눴다.

"우리 학교 사회학과 97학번 이우성 PD님."

황연주가 한발 늦게 이우성 PD부터 소개를 했다.

"꼭 한번 뵙고 싶었어요. 김완 선수와 동문이라는 게 자랑스러워요."

"감사합니다, 선배님!"

김완이 서울대를 나온 〈힐링〉의 싸가지 이우성 PD와 악수를 나눴다.

"〈힐링〉의 진행자 개그맨 천진규 씨와 김한조 씨, 탤런트 오정희 씨세요."

"어이구― 실물이 훨씬 잘생기셨습니다 그려! 같은 남자로써 괜히 열받습니다."

"아직 늦지 않았습니다. 이제 골프 그만하시고 고향인 연예계로 돌아오시죠!"

"호호호, 어쩜! 김완 선수를 만나니까 장동건 씨나 조인성 씨가 쉽게 잊혀지네요."

"하하하! 고맙습니다."

황연주가 〈힐링〉의 진행자부터 제작진들을 모조리 소개했다.

"연주야! 시간 있지? 비행기를 오래 탔더니 먼지투성이야."

"아― 괜찮아요 선배! 샤워 좀 하세요 저기……."

김완이 샤워장을 찾자 황연주가 얼른 몸을 돌리며 손짓을 했다.

"예! 저를 따라오시죠."

황연주의 말이 채 끝나기도 전에 휘닉스 CC 유니폼을 걸친 이십대 사내가 재빨리 김완에게 다가와 공손히 허리를 접었다.

"잠시 실례하겠습니다. 남 차장님!"

"아, 예예! 천천히 하시고 나오십시오. 김 선수!"

김완이 남 차장에게 정중하게 인사를 한 뒤 돌아섰다.

서너 걸음이나 뗐을까?

구구구구구웅―

굉음과 함께 덤프트럭만큼이나 거대한 모터사이클.

검은 베레모를 쓰고 얼룩무늬 군복에 군화를 신은 엄청난 거구의 사내가 그 유명한 미국산 명품 모터사이클 할리데이비슨을 탄 채 태풍처럼 쏘아왔다.

"으헉!"

남 차장 등이 기겁하며 질주해 오는 모터사이클을 피해 황급히 물러섰다.

두두두둥― 구구궁!

모터사이클이 요란한 기음과 함께 멈췄다.

쾅!

동시에, 베레모를 쓴 사내가 다짜고짜 큼직한 야전도끼를 빼 들며 김완을 덮쳤다.

"꺄악!"

황연주 등 〈힐링〉의 스태프들이 하얗게 질리며 비명을 질렀다.

촤악!

찰나 황연주가 들고 있던 골프가방에서 골프채 한 자루가 빠져나갔다.

일본의 유명한 골프 용품 메이커인 혼마에서 만든 3번 아이언이었다.

아이언을 뽑아 든 사람은 김완의 매니저, 얼굴 없는 사내 석 팀장이었다.

까까까깡!

양철 지붕을 긁는 쇳소리와 함께 새파란 불꽃이 튀며 야전도끼와 아이언이 허공에서 부닥쳤다.

계속해서 야전도끼를 든 베레모 사내가 엄청난 거구를 고양이처럼 민활하게 움직이며 아이언을 든 석 팀장을 무섭게 몰아쳤다.

"……."

한순간, 베레모 사내와 석 팀장의 위치가 바뀌면서 두 사람이 우뚝 멈췄다.

곧 바로 베레모 사내가 권투선수의 스탠스처럼 양발을 벌려 자리를 잡으며 야전도끼를 비스듬히 뻗은 채 묵직하게 공격 자세를 취했다.

추리리릿릿!

이때, 김완이 새파란 빛이 폭사되는 허리띠를 뽑아들었다.

허리띠? 아니었다.

길이가 이 미터는 족히 넘을 듯한 종이 장처럼 얇은 연검(軟劍)이었다.

"비키세요, 석 팀장님! 제가 마무리하죠."

"옛!"

석 팀장이 짧은 대답과 함께 바람처럼 사라지고 김완이 뱀의 혓바닥처럼 흐느적거리는 연검을 쥔 채 천천히 베레모 사내를 향해 다가섰다.

허이구— 도대체 이게 무슨 일 이래?

언제부터 우리 〈힐링〉이 도끼와 칼이 난무하는 사극으로 변했냐구?

저런 무지막지한 괴한이 나타나 우리 게스트를 습격하는 건 또 뭐야!

남 차장과 이 PD 등 〈힐링〉의 스태프들이 대치하고 있는 김완과 베레모 사내를 지켜보며 어쩔 줄을 몰랐다.

"힉! 킹콩 오빠다?"

갑자기 황연주가 베레모 사내를 쳐다보며 소리쳤다.

"킹콩 오빠?!"

남 차장을 비롯한 〈힐링〉의 스태프들이 의아한 눈초리로 황연주를 직시했다.

번쩍!

그 순간 김완의 연검이 강철로 만든 칼처럼 빳빳하게 곧추세워지더니 베레모 사내의 목을 휘감았다.

콰콰쾅!

베레모 사내가 이미 김완의 공격 루트를 예상하고 있었다는 듯 야릇한 미소를 띤 채 여유있게 스태프를 밟으며 쏘아오는 연검을 피해갔다.

카카카캉!

또다시 연검과 야전도끼가 허공에서 불꽃을 팅기며 요란하게 마주쳤다.

흡사 거대한 고릴라와 킹코브라가 뒤엉켜 드잡이질을 치는 듯했다.

"카후!"

김완이 연속해서 기성을 토하며 베레모 사내를 질풍처럼 덮쳐갔다.

동시에 베레모 사내가 거대한 덩치를 춤추듯 움직이며 빛살처럼 쏟아지는 연검의 공세를 뚫고 야전도끼를 교묘히 휘둘러 김완의 목을 찍어갔다.

텅텅텅!

갑자기, 연검을 쥔 김완의 몸이 저만큼 팅겨져 나갔다.

"……?"

김완이 어이없다는 듯 베레모 사내를 쳐다보다 석 팀장을 바라봤다.

"둘째 할머니께서 역발산기개세(力拔山氣蓋世)의 역사(力

土)가 아니면 천부술(天斧術)을 초절정까지 연마하는 것은 불가능하다고 하셨는데……. 제가 취사아(翠蛇牙)에 십성의 공력을 담아 공격했건만 상황이 이렇게 되네요. 어찌 된 겁니까, 석 팀장님?"

차라라락!

김완이 허리띠, 연검을 허리춤에 감으며 석 팀장을 향해 뜻 모를 질문을 던졌다.

"정공께서 선천적인 신력(神力)의 소유자라서 가능했던 것 같습니다."

"크크크— 특전사에서 오랫동안 밥을 먹으면 다 돼!"

석 팀장이 당황하며 말꼬리를 흐리자 베레모 사내가 몹시 기분이 좋은 듯 괴상한 웃음을 흘리며 질그릇 깨지는 듯한 음성과 함께 큼직한 야전도끼를 허리춤에 박았다.

많은 골프 팬들에게 알려진 것처럼 김완은 골프뿐만 아니라 무술에도 능했다.

우리나라 대다수 부모들이 그러하듯 김완의 엄마 아빠도 여러 종목의 과외 공부를 시켰다. 일본 미국까지 보내면서…….

특히 김완의 아빠는 아들바라기라서 김완이 위대한 골퍼 겸 엄청난 무술의 고수요, 멋진 피아니스트가 되어주길 바랐다.

스포츠를 연마한 예술을 아는 지성인.

김완의 아빠는 아들을 이렇게 만들고자 했다.

덕분에 김완은 아주 어릴 때부터 지겨우리만치 무술을 익혔고 지금도 습관처럼 수련을 하고 있었기에 골프만큼은 아니었어도 무술의 달인임에는 틀림없었다.

한데, 베레모를 쓴 거한에게 간단히 당했으니!

뚜벅뚜벅!

그때 베레모 사내가 묵직하게 다가가 김완을 와락 껴안았다.

사내의 덩치가 얼마나 큰지 백팔십 센티가 넘는 김완이 어린아이처럼 폴싹 안겼다.

"기뻐해라! 이 몸이 마침내 강호에 출도했다."

"하아— 이제 완전히 전역한 거야?"

"오냐! 이것저것 고민을 좀 했는데 웬수들이 눈에 밟혀서 결심했다."

"고생했어. 그동안 힘들었지?"

김완이 주먹으로 베레모 사내의 가슴을 툭툭 치며 먹먹한 목소리로 말했다.

"고생은 니가 했지, 임마! 나야 국가에서 먹여 주고 재워 줬는데 뭘!"

정중환이 씨익 웃으면서 다시 한 번 김완을 힘껏 안았다.

'치, 친구 사이였어?!'

남 차장이 긴장이 풀린 듯 자기도 모르게 털썩 주저앉았다.

'우리 〈힐링〉이 쇼라고 자기들도 쇼를 한 거야? 그런 거야?'

이 PD 등이 고개를 절레절레 흔들었다.

정중환.

김완의 둘도 없는 친구!

팥으로 메주를 쑤고 소금으로 쨈을 만든다 해도 믿는 그런 사이였다.

초등학교 시절 아마추어 레슬링에 입문해 서울체육고등학교 일학년 때 국가대표로 발탁된 기린아!

2000년 시드니 올림픽에 레슬링 자유형 종목의 슈퍼헤비급 선수로 참가해 은메달을 획득했고, 2002년 부산 아시안게임에서 금메달, 세계 선수권 대회에서 금메달을 딴 세계적인 레슬링 선수였다.

한국체대 삼학년 때 친구인 김완이 일본으로 건너가자 돌연 대한민국 육군 특수전사령부에 부사관으로 자원입대한 괴짜.

이미 올림픽과 세계대회에서 메달을 획득해 병역면제대

상 이었음에도 불구하고 세칭 공수부대에 지원 입대해 많은 이들을 놀라게 했다.

당시 신체검사에서 정중환은 195센티미터에 130킬로그램으로써 특전사의 모든 대원중에 가장 거구였는데…….

하사 계급장을 달고 특전사 중에 특전사라는 707 특수임무대대에 근무하면서 특급 비밀로 취급되는 어떤 작전에 참가해 엄청난 전공을 세워 태극무공훈장을 수여받고 상사로 이계급 특진까지 했다.

그 후, 특전사에서 보낸 세월은 세계 정상급 레슬링 선수 정중환을 지구상 어떤 괴물과 맞짱을 떠도 지지 않을 가공할 인간 병기로 탈바꿈시켰다.

팍!

갑자기 정중환이 인상을 찌푸렸다.

누군가 자신의 정강이를 걷어찼기 때문이다.

"이봐— 킹콩!"

"킹콩? 이게 몇 년 만에 듣는 소리냐?"

정중환이 자신의 허리쯤에서 참새가 짹짹대는 듯한 소리가 들리자 진짜 킹콩처럼 쭉 째진 눈을 부라리며 고개를 숙였다.

킹콩! 유명한 할리우드 영화에서 나오는 괴물 고릴라.

정중환에게 딱 맞는 별명이었다.

친구인 김완을 따라 서울대학교를 들락거릴 때 서울대생들이 붙여줬다.

대학교 재학 시절 킹콩의 주 서식처는 태릉선수촌이었고 그 다음이 서울대학교 〈서울패〉 동아리방이었다.

한국체대는 마지막이었고!

그때 친해진 여학생 중 하나가 황 PD, 황연주였다.

"......?"

정중환이 고리눈을 껌뻑거리며 황연주를 내려다봤다.

목소리는 어렴풋이 기억났지만 얼굴이 가물가물했던 것이다.

"아휴, 짱나! 어느 날 갑자기 잠수를 타더니 이젠 내 얼굴까지 잊었네. 내가 빵하고 우유를 사준 게 얼만데? 이 배신자!"

황연주가 투덜거리며 정중환을 올려다봤다.

"빵.순.이.황.연.주?"

"숙녀의 별명을 그렇게 크게 말하면 어떡해? 바보야!"

정중환이 확인하듯 또박또박 말하자 황연주가 인상을 쓰며 대꾸했다.

"카카캇캇─ 기억난다 기억나! 그 삐지기 잘하던 영문과 여학생 녀석!"

정중환이 휘닉스 CC가 떠나갈 만큼 웃어대며 황연주를

번쩍 치켜들었다.

상대를 들어 올려 자신과 눈높이를 맞춘 채 대화를 하는 것.

아주 가까운 숙녀에게 최고의 경의를 표하는 킹콩식 인사였다.

"내 존재감이 희미한거야, 킹콩 오빠 머리가 고릴라인 거야?"

"큭큭큭! 미안미안! 순전히 네 책임이야, 임마. 몇 년 동안 여자 인간은 구경도 못한 내가 이렇게 예뻐진 빵순이를 어떻게 알아봐?"

정중환이 환하게 웃으며 대답했다.

"해해! 그 말 한마디로 모든 죄를 사해준다."

황연주가 귀엽게 웃으며 정중환의 어깨를 톡톡 쳤다.

"쯧! 군에서 이 찌그러진 귀나 좀 펴가지고 나오지 그랬대?"

"펴지기는커녕 아예 닳았다. 매트도 아닌 땅바닥에서 굴렀더니 말씀이야!"

"맞아. 귀 바퀴가 옛날보다 더 작아졌어. 몇 년만 더 군에 있었으면 장애 고릴라가 될 뻔했네. 해해해!"

"큭큭큭!"

황연주가 베레모 밑으로 귀 바퀴가 거의 맞닿을 만큼 찌그려져 있는 정중환의 귀를 매만지며 말하자 정중환이 귀여운 듯 황연주의 머리를 쓰다듬었다.

레슬링이나 유도 등 매트에서 몸을 굴리며 하는 격기들은 필히 귓바퀴가 매트에 짓눌려 찌그러진다.

일종에 직업병이었다.

학창 시절, 다른 친구들은 덩치가 관악산만 하고 고릴라처럼 생긴 체대생이던 정중환을 무서워하며 피했다.

하지만 황연주는 킹콩 영하에서 나오는 여자 주인공인 나오미 왓츠노 아니면서 킹콩을 유난히 따랐다.

호기심 세포가 유달리 발달해 있던 황연주는 평범한 학생들과는 전혀 다른 세계에서 사는 킹콩이 신기했기 때문이다.

정중환의 입에서 쏟아지는 태릉선수촌과 레슬링 선수 이야기, 세계대회와 올림픽등에서 외국선수와 싸우며 벌어졌던 에피소드 등은 황연주에게 거의 걸리버 여행기요, 신밧드의 모험 같은 동화 속 이야기였다.

얼마나 킹콩 이야기가 듣고 싶었으면 늘 배고파하던 정중환을 주려고 빵과 우유가 가득 담긴 가방을 가지고 다녔을까?

아이러니하게도 그때 정중환이 개새끼, 소새끼 하면서 구라까지 섞어서 해준 이야기들이 지금 황연주가 방송사 예능 PD로써 아이템을 짜고 창작을 하는데 결정적인 도움을 줬다.

"빵순이 니가 여긴 웬일이냐 골프 치러 왔어?"

"골프는 무슨! 나 DBS 예능본부의 PD로 일해."

"오 그래? 아나운서나 기자를 하고 싶다더니 비슷하게 됐네."

황연주가 자신의 신분을 밝히자 정중환이 고개를 주억거렸다.

"어쩐지 테레비를 좋아하지 않는 두 스타께서 나란히 방송에 출연한다 했다? 빵순이가 범인이었구나!"

"말두 마! 시도 때도 없이 전화질해서 울고 불고……. 황연주 떼에 질렸다 질렸어."

"에헤헤헤헤헤―"

"큭큭큭큭!"

김완이 황연주의 섭외 과정을 토로하자 황연주가 겸연쩍은 웃음을 흘렸다.

황연주의 성격을 잘 아는 정중환이 따라 웃었고!

무엇이든 시작하면 결과가 나올 때까지 끈질기게 노력하고 밤낮으로 매달리는 것이 황연주의 최대 강점이었다.

턱!

"지난 오 년 동안의 내 피와 땀이 서린 검은 베레모… 그 옛날 빵 동지에게 전역 기념으로 주는 선물이다."

정중환이 황연주에게 자신이 쓰고 있던 검은 베레모를 씌워줬다.

검은 베레모! 잘 아는 것처럼 우리나라 특전사의 상징이다.

장중환이 전역을 하면서 특전사에서 오 년 동안이나 쓰고 있었던 말 그대로 피와 땀이 서려 있는 검은 베레모를 황연주에게 줬다.

실은, 정중환은 지난 오 년 동안 군에 있으면서 친구인 김완을 잊은 적은 있었어도 황연주를 잊은 적은 없었다.

방금 정중환이 황연주를 쉽게 알아보지 못한 것은 그토록 보고 싶어 하던 황연주가 설마 지금 이 시간에 자신 앞에 서 있을 줄은 상상도 못했기 때문이었다.

정중환은 황연주가 김완을 짝사랑하듯 황연주를 짝사랑했다.

황연주가 김완을 좋아하는 것보다 열 배쯤 더!

그래서 자신의 분신이었던 검은 베레모를 서슴없이 건네줬던 것이다.

"하하! 아주 잘 어울리는데 그대로 특전사에 입대해도 괜찮겠어."

"참아라! 빵순이 같은 이쁜이가 입대하면 군대 시끄러

워져."

"헤헤헤……."

김완와 정중환이 검은 베레모를 쓴 황연주를 보며 농담을 던졌다.

그리고 두 사람은 천천히 VIP동 사우나실로 향했다.

"얼마나 충격이 컸으면……."

황연주가 검은 베레모를 쓴 채 김완과 정중환의 뒷모습을 물끄러미 쳐다봤다.

〈영화배우 신채린 자살 미수 사건〉이 저 두 사람의 운명을 완전히 바꿔 놨다.

한 사람은 사법고시에 합격하고도 프로골퍼가 됐고 한 사람은 병역면제가 됐음에도 특수부대에 지원해 오 년이 넘도록 복무를 했다.

문득, 황연주의 눈에 검은 베레모에 붙어 있는 노란 다이아몬드 계급장이 들어왔다.

"세상에! 준위 계급장이잖아?"

준위는 대한민국 국군의 부사관이 최종적으로 오를 수 있는 계급이다.

공군이나 해군의 기술병과에서는 흔히 볼 수 있지만 육군의 전투병과에서는 쉽게 만날 수 없었다.

수십 년 동안 군에서 복무한 부사관들이 전역을 앞두고

달곤 했다.

한데, 하사로 입대해 겨우(?) 오 년 동안 특전사에 복무한 정중환이 준위로 전역했다는 것은 그가 얼마나 대단한 전 공을 세웠는지 보여주는 결정적인 증거였다.

염라대왕과 악수를 나눌 만큼 엄청난 고생을 했다는 반 증이었고!

두두두두두—

요란한 굉음과 함께 헬기 한 대가 휘닉스 CC 하늘위에 출현했다.

〈SIN WOO〉라는 영문자가 선명한 미국제 휴즈 500 7인 승 민수용 헬기였다.

"저건… 신우그룹 헬긴데?"

막 녹화장소로 걸어가던 남 차장이 이우성 PD등과 함께 의아한 표정으로 헬기를 바라보며 말을 뱉었다.

"차장님! 신채린 씨래요."

황연주가 휴대폰을 든 채 남 차장에게 보고를 했다.

"허이구! 헬기까지 타고 와준거야 우리 자랑스러운 국민 배우 신채린 씨가!"

"으흐흐! 정말 황공하네요."

남 차장과 이우성 PD등 〈힐링〉의 스태프들이 헬기장을 향해 몰려갔다.

휘닉스 CC뿐만 아니라 이름이 좀 있는 골프장에는 VVIP들이 이따금 헬기를 이용해 방문했기에 대부분 헬기장 시설이 갖춰져 있었다.

잠시 후, 신채린이 깊어가는 가을과 너무나 잘 어울리는 노란 은행잎 빛깔의 버버리를 걸친 채 네 명의 수행원과 함께 헬기장에서 걸어 나왔다.

"……!"

남 차장과 이 PD 등이 신채린에게 다가가다 흠칫하며 걸음을 멈췄다.

신채린을 따라오는 개 때문이었다.

신채린이 목줄을 잡은 채 데리고 오는 개는 여성들이 흔히 애완용으로 키우는 치와나 요크셔테리어처럼 작은 강아지가 아니었다.

미국 해병대의 심볼로 잘 알려진 아메리칸 핏불 테리어!

한 번 물면 이빨이 빠질 때까지 놓지 않고 황소도 찢어 죽인다는 유명한 싸움개였다.

반쯤 잘려나간 귀와 흉터투성이인 울퉁불퉁한 근육과 살모사 같은 세모꼴 눈에서 번뜩이는 살기까지, 마치 지옥에서 뛰쳐나온 괴물 같았다.

게다가 놈은 대다수 핏불들처럼 삼십 킬로그램쯤 나가는

중형견이 아니라 오십 킬로그램이 훨씬 넘을 듯한 대형견이었다.

재밌게도 거무튀튀한 털이 전신을 감싸고 있는 녀석은 이마에 흰털이 꽃잎처럼 박혀 있었다.

딸꾹딸꾹!

별안간 괴물 같은 개의 포스에 놀랐는지 〈힐링〉의 싸가지 이 PD가 딸꾹질을 해댔다.

그러나 그건 착각에 불과했다.

이 PD는 개가 아니라 신채린의 미모에 놀라 횡경막이 결리면서 딸꾹질을 했던 것이다.

'어, 어떻게 사람이 저렇게 예쁠 수 있지?'

'완전 인조인간이야?'

사실, 황연주를 제외한 〈힐링〉의 스태프들은 신채린의 실물을 본 적이 없었다.

물론 영화 스크린이나 TV 화면이 신채린의 실물을 반도 담아내지 못한다는 소문은 지긋지긋하게 들었다.

이들은 DBS 예능본부에서 일하는 사람들로 직업의 특성상 대한민국에서 내노라하는 미남미녀들을 모조리 만났다.

하지만 신채린처럼 숨이 턱턱 막히고 횡격막이 결려 딸꾹질이 나오게 할 만큼 치명적인 매력을 지닌 여자는 처음이었다.

큰 사과만 한 얼굴에 쌍꺼풀이 예쁘게 진 두 눈은 얼굴의 딱 반을 차지했고 속눈썹이 얼마나 긴지 오백 원짜리 동전 두 개는 충분히 올라갈 듯했다.

티끌 한 점 없는 피부는 손가락으로 콕 찍으면 그대로 하얀 분가루가 묻어날 것처럼 뽀얗고.

전 세계 배우들 중에서 가장 머리가 좋다는 이 아가씨는 온라인 게임에서 나오는 공주처럼 끔찍할 정도로 귀여웠다.

거기에 잘 관리된 쭉쭉빵빵한 체형은 섹시하기까지 했고!

확실히, 신채린은 미국의 저명한 대중예술평론가가 말한 것처럼 세계에서 가장 잘생긴 여자는 아니었지만 세계에서 가장 예쁜 여자임에는 틀림없었다.

"와, 와주셔서 정말 감사합니다. 〈힐링〉의 책임 PD 남재욱입니다."

"고맙습니다. 신채린이에요."

남 차장이 신채린의 미모에 주눅이 든 듯 말까지 더듬으며 인사하자 신채린이 고개를 가볍게 숙이고 특유의 무감정한 어투로 인사를 했다.

"머, 먼 길을 오시느라 고생 많으셨어요. 이우성 PD예요."

"네에, 그런데 어디 있어요, 김완 씨?"

신채린이 남 차장처럼 말을 더듬으며 인사를 하는 이 PD의 얼굴을 힐끗 보며 김완의 행방부터 물었다.

"친구 분과 함께 샤워하러 가셨어요. 저기!"

황연주가 VIP동 건물을 가리키며 대답했다.

컹컹컹!

이때, 신채린의 옆에 서 있던 괴물 개 핏불이 김완과 정중환이 사라진 쪽을 바리보며 힘차게 짖어댔다.

"후우! 고릴라가 정말 왔나보네? 가자, 꽃님아!"

신채린이 황연주에게 눈길 한번 주지 않은 채 괴물 개 꽃님이와 함께 재빨리 VIP동 건물 쪽으로 뛰어갔다.

"큭큭큭! 아하하하!"

"꽃님이? 저렇게 흉악하게 생긴 놈 이름이 꽃님이?!"

남 차장 등 〈힐링〉의 스태프들이 마주보며 킥킥댔다.

개 이름과 생김새가 정반대였기 때문이다.

주인의 생김새와도 정반대였고!

꽃님이는 김완이 경호견으로 훈련시켜서 신채린에게 선물한 녀석이었다.

당연히 이름도 김완이 지어줬다.

뒤이어 남 차장이 황연주를 힐끗 쳐다봤다.

신채린과 동아리 선후배 관계라면서 어떻게 된 거야 하

는 눈빛이었다.

황연주가 뻘쭘한 표정으로 어깨를 으쓱했다.

아후! 내 존재감이 이 정도였던 거야?

킹콩 오빠도 몰라보더니 신채린 선배도 기억 못하네.

나 좀비? 아님 유령인간? 콩콩강시?

황연주는 아직 모르고 있었다.

신채린의 유명한 단점이자 유일한 약점!

대중들과 기자들이 신채린이 신의 딸이 아니고 사람이라는 것을 인정하는 부분이었다.

이백 쪽이나 되는 시나리오도 딱 한 번만 읽으면 토씨 하나 틀리지 않고 완벽하게 암기한다는 이 천재가 금방 만난 사람도 돌아서면 잊어 버렸다.

물론, 신채린이 기억하려고 마음만 먹으면 십 년 전 서울 명동의 뒷골목에서 만난 사람도 생각해 내겠지만…….

신기하리만치 신채린은 사람들에게 전혀 관심이 없었다.

신채린에게 오 년 전에 대학교 캠퍼스에서 몇 번 만난 황연주를 모르냐고 묻는 것은, 아까 지나간 바람의 색깔을 왜 기억 못하느냐고 따지는 것과 똑같았다.

"아차!"

황연주가 갑자기 어떤 생각이 떠오른 듯 후다닥 신채린을 쫓아갔다.

김완과 정중환이 들어간 사우나는 남성 전용이었다.

서빙하는 직원들과 일반 손님들은 이미 돌아갔기에 사우나에는 두 사람밖에 없겠지만 만에 하나 신채린이 봉변을 당할까봐 걱정이 됐던 것이다.

황연주가 쫓아갔을 때는 이미 신채린도 꽃님이도 보이지 않았다.

"⋯⋯!"

황급히 VIP동 남성 전용 사우나실로 들어서던 황연주가 깜짝 놀라며 기둥 뒤로 몸을 숨겼다.

김완과 신채린이 라커룸 저편에서 포옹을 한 채 진한 키스를 하고 있었기 때문이다.

꽃님이가 살벌한 눈을 번뜩이며 보초를 서고 있었고!

"으응응⋯⋯."

여성 특유의 달뜬 신음이 들렸다.

신채린의 음성이었다.

"하아아!"

이번에는 황연주가 얼굴을 붉히며 거친 숨을 내쉬었다.

방금 황연주가 목격한 김완은 막 샤워를 끝낸 듯 목에 수건 하나만 달랑 걸친 채 온몸에서 물이 뚝뚝 떨어지는 완벽한 나체였다.

바로 그 상태에서 버버리를 입은 신채린을 안은 채 키스를 하고 있었다.

실제상황이었다.

황연주가 재빨리 주위를 살폈다.

혹시 파파라치가 있을까 싶어서였다.

현재 스코어, 골프황제 김완과 세계적인 여배우 신채린이 연출하고 있는 장면은 파파라치에겐 거의 로또에 당첨되는 수준이었다.

"씨이……. 자기 왜 말 안했어? 오늘 한국에 들어온다고……."

"말하면 리나 너 또 하루 종일 기다릴 거 아냐? 일도 못하고."

리나! 김완이 신채린을 부르는 애칭이었다

"히이잉! 그럼 어때? 하루쯤 스케줄 미루면 되지!"

"바보야, 그럼 안 돼! 스태프들이 싫어해."

"치이이! 나라고 날마다 일만 하나 뭐? 근데 자긴 왜 이렇게 말랐대? 아이! 속상해. 벤츠 클래식 챔피언십이 그렇게 힘들었나?"

"아냐! 웨이트를 높였더니 컨디션이 좀 떨어지더라고. 그래서 일부러 뺀 거야."

"……!"

신채린과 김완이 다정하게 속삭이는 소리를 들은 황영주

가 몸을 부르르 떨었다.

두 사람의 진한 스킨십 때문이 아니라 신채린의 음성.

아까 남 차장이나 이 PD하고 인사를 나눌 때 들었듯 신채린은 그 예쁜 외모와는 정반대로 애교하고는 거리가 먼 여자였다.

쌀쌀한 차가운 도시의 여자, 차도녀였다.

한데 지금 김완에게 안겨서 뱉는 신채린의 음성은 같은 여자인 황연주가 들어도 닭살이 돋는 코맹맹이 소리였다.

"하하! 너무 걱정 마. 리나가 좋아하는 고추는 여전히 통통하니까."

김완의 능글맞은 저속한 농담에 신채린은 얼굴을 붉혔다.

"아이이이이익……! 여보야!"

"흑!"

이번에는 황연주가 마른 비명을 터뜨렸다.

이, 이게 무슨 일이래?

내 이상형인 김완 선배가 저렇게 이상한 말을 입에 담다니?

몇 년 사이에 이상형이 아니라 이상한 형으로 바뀌었나?

황연주가 알고 있는 김완은 음담패설 따위와는 거리가 먼 선비였다.

황연주는 뭔가 착각하고 있었다.

김완이 선비든 이상형이든 피가 부글부글 끓는 이십대 중반의 청년이 분명했다.

암컷만 보면 침을 질질 흘리며 쫓아다니는 수컷과 비슷할 때!

그 수컷이 사랑하는 예쁜 암컷을 안고 있는데 무슨 말인들 못할까?

"아후후후…… . 나 하고 싶어, 자기야."

다시 신채린의 야릇한 신음이 들렸다.

"안 돼 임마! 그만 떨어져. 중환이 곧 나올 거야."

김완이 화들짝 놀라 소리쳤다.

"이이잉! 나오면 어때? 우리 호텔 들어갈 때 망까지 봐줬는데 뭐."

"어휴─ 지금은 그때가 아니잖아? 넌 세계인들이 지켜보는 월드스타야. 말 한 마디도 조심해야 돼!"

"자기 그런 말 하지 말라고 했지? 난 월드스타보다 여보야 마누라로 사는 게 훨 좋아! 나 화낸다?"

"아이고, 그래 그래! 내가 실수했다. 우리 리나 착하지, 이리와!"

"우이씨!"

"악─ 어, 어딜 깨무는거야, 임마?

"어디긴 어디야? 거기지!"

"으이구, 정말⋯⋯."

"다음에 또 그런 말 하면 무쟈게 아프게 깨물어 줄거다?"

"네네! 소인이 잘못했습니다. 그저 죽을죄를 지었습니다. 마님!"

"까르르르르⋯⋯."

김완이 어떤 개그를 펼쳤는지 신채린이 그야말로 은쟁반에 옥구슬 굴러가는 웃음을 터뜨렸다.

"⋯⋯."

한순간, 황연주의 얼굴이 붉어지며 맥이 탁 풀렸다.

아주 오랜만에 만난 두 선배는 이미 부부였던 것이다.

그것도 여자가 남자의 그곳을 깨물 만큼 많이 야한 부부!

왠지 황연주는 우울해졌다.

유난히 아끼던 명품을 잃어버린 기분.

"여보야, 속옷 땀내 나! 이걸로 갈아입어."

"응! 알았어."

이 대목에서 황연주는 더 이상 반항하지 못했다.

신채린은 불과 몇 시간 전에 전화를 받고 일본 동경에서 허겁지겁 이곳으로 날아왔다.

그 와중에 애인 속옷까지 챙겨오는 것이 가능할까?

황연주는 자신이 없었다.

하지만 신채린은 그렇게 했다.

자신보다 천 배쯤 바쁜 글로벌스타 신채린은!

그제야 황연주는 퍼뜩 떠올랐다.

신채린은 스스로 목숨을 끊을 만큼 김완을 사랑하지 않았던가.

자신의 목숨보다 귀한 사람이라면 그까짓 속옷 챙기는 거야 일도 아닐 것이다.

"꺄약— 이 고릴라가 어딜 빨개벗고 나오는 거야?

"카카카캇! 꼬우면 너도 벗어 임마! 아니면 나가구. 여긴 남자 락커룸이야!"

"이이이, 저질 짐승! 자기야, 킹콩 좀 때려줘."

"하하! 잠깐 나가 있어."

"응! 거기 자기 벗어놓은 속옷 줘. 양말도."

"쩝쩝! 이럴 땐 애인 있는 놈이 부럽단 말씀이야. 나도 이제 전역했으니 장가나 가볼까?"

"후……. 좋은 생각이야. 서울대공원에 암컷 고릴라 몇 마리 들어왔다고 하대!"

"오냐! 그러잖아도 연락 와서 소개팅했는데 국산이 아니더라고. 난 외국여자는 별로야. 다문화 가정도 좋아하지 않고."

"아하하하! 까르르르!"

김완과 신채린이 그대로 뒤집어졌다.

이 선배들은 옛날처럼 여전히 가깝구나.

스스럼없이 서로의 치부를 보여줄 만큼.

황연주가 씁쓸함인지 쓸쓸함인지 모를 미소를 띠며 VIP동 사우나실 남자 라커룸을 나왔다.

"믿어도 되겠지요? 황 PD님!"

"……!"

그때, 영화나 소설 속에서 흔히 나오는 사감 선생님처럼 생긴 중년 여성이 짙은 검은색 안경을 쓴 채 황연주 앞을 막아섰다.

신채린의 매니저인 그 유명한 연예기획회사 (주)SK1엔터테인먼트의 장옥희 부장이었다

"방송사 PD는 눈과 귀는 있지만 입은 없답니다."

장 부장이 신채린에 대한 입조심을 부탁하자 황연주가 입에다 지퍼 채우는 시늉을 하며 대답했다.

"고마워요, 황 PD님. 우리 아가씨 결혼식 때 꼭 초대할게요."

"두 분… 언제 결혼 하시나요?"

"아마 빠른 시간 내에 하실 거예요. 우리 아가씨 소원이 아가들 열 명쯤 낳아서 리틀 야구팀을 만드는 것이거든요. 오호호호!"

"여, 열 명요??"

"옛날에 결혼하셨으면 지금쯤 아가가 둘은 됐을 텐데…
불쌍한 우리 아가씨!"

장 부장이 안경을 벗어들며 눈시울을 훔쳤다.

"……!"

갑자기, 황연주는 심장이 오그라드는 극한의 공포를 느
꼈다.

눈동자!

기이하게도 장 부장의 눈동자에는 흰 자위가 없었다.

황연주가 하얗게 질린 채 얼른 고개를 돌렸다.

황연주는 거의 날마다 연예인들을 상대하는 예능본부
PD였다.

휴대폰에는 연예인과 매니저들의 전화번호가 무려 이천
개가 넘게 입력돼 있을 정도였다. 그만큼 수많은 연예인들
과 매니저들을 잘 알고 있었다.

한데, 김완이나 신채린 매니저처럼 특이한 사람들은 처
음 대했다.

김완이 무술의 고수여서 그럴까?

대화를 나눌 때는 보통 사람들처럼 보였지만 조금만 주
의 깊게 살펴보면 보통하고는 거리가 멀었다.

왠지 이 세계 사람들이 아닌 것처럼 느껴졌다.

석 팀장도, 장 부장도!

황연주의 느낌은 정확했다.

. 그들은 대곤륜(大崑崙)의 지옥갱(地獄坑)에서 내려온 전사(戰士)였기 때문이다.

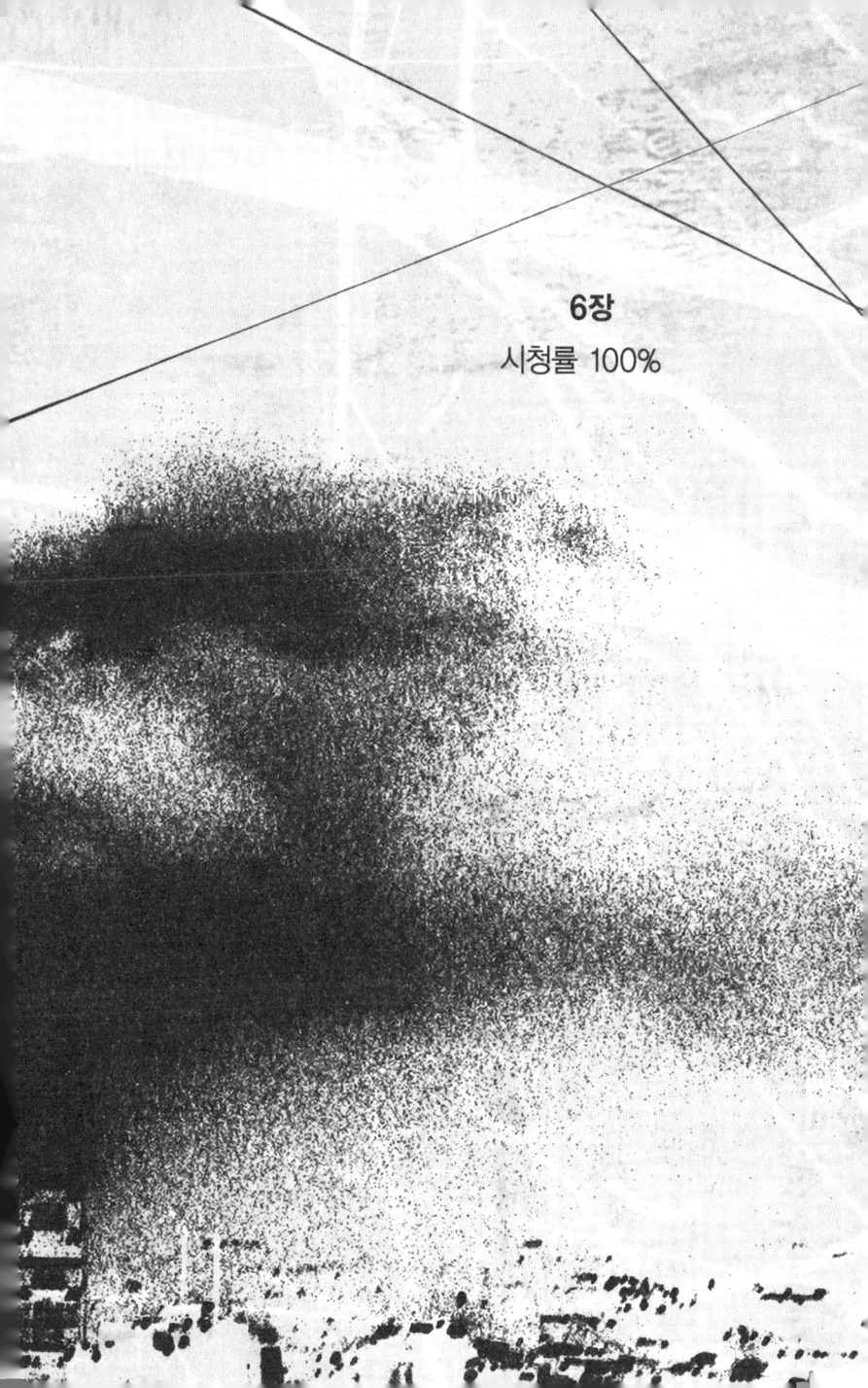

6장
시청률 100%

세계 유일의
남자

리허설! 영화 방송 연극 등에서 흔히 쓰는 용어로서 말
그대로 예행연습이다.

　특히 TV 방송에서는 제일 먼저 스튜디오에서 어떤 복장
이나 카메라 등을 갖추지 않고 연습한다.

　이 연습을 드라이 리허설이라고 하는데 이때 PD가 출연
자들의 움직임을 살펴보며 카메라 방향이나 조명의 위치를
어림잡는다.

　또 카메라와 조명들을 설치한 채 연습하는 카메라 리허
설, 완벽하게 의상 등을 갖춘 채 하는 연습을 드레스 리허

설이라고 하는데 이 과정이 모두 끝나야 본격적인 촬영에 들어간다.

정석이 그렇다는 말이다.

대부분의 리허설은 그냥 드라이 리허설 정도로 끝난다.

〈힐링〉 같은 토크쇼에서는 출연자의 형편을 감안해 될 수 있으면 리허설을 짧고 간편하게 하는 것이 통례였다.

"지금 대본을 살펴보셔서 아시겠지만 모두 평범한 질문들입니다. 김완 선수의 어렸을 때 이야기, 학창 시절 이야기, 일본과 미국에서 프로 골퍼로서 활동하시면서 느끼고 경험했던 여러 가지 에피소드 등등……."

남 차장이 건너편 의자에 앉아 열심히 대본을 리딩하는 김완에게 〈힐링〉의 테마를 세세히 브리핑했다

"그저 생각나는 대로 솔직하게 말씀해 주시면 됩니다. 조금 과장하셔도 상관없구요. 우리 〈힐링〉은 다큐가 아니라 쇼입니다. 될 수 있으면 재미있게 말씀해 주시는 게 저희를 도와주시는 거죠."

"알겠습니다. 근데 왜 이렇게 긴장되죠? 카메라 때문에 그런가?"

김완이 얼굴에 흐르는 땀을 훔치며 말했다.

"후! 누구나 조명이 켜지고 카메라가 돌아가면 떨려. 배우인 나도 아직까지 카메라 앞에 서면 떨리는데 뭐!"

"그래?"

신채린이 미소 지으며 다정한 목소리로 김완을 격려하며 손수건을 꺼내 얼굴을 정성스럽게 닦아줬다.

"……!"

지켜보던 남 차장을 비롯한 〈힐링〉의 스태프들이 움찔했다.

삼십 분 전 부터 〈힐링〉의 스태프들은 〈골프황제 김완 편〉의 녹화에 앞서서 대본을 점검하는 중이었다.

일종의 드라이 리허설이었다.

대낮처럼 밝혀진 조명 아래 천진규를 비롯한 세 명의 진행자와 게스트인 김완과 신채린이 둥글게 앉아 있었다.

그 뒤로 ENG카메라 두 대와 스텐다드 카메라가 포커스를 맞췄고, 남 차장과 황연주 등 〈힐링〉의 스태프들이 지켜보고 있었다.

또 어느 촬영장에 가도 그렇듯 수십 명의 관객이 호기심이 가득한 얼굴로 구경하기에 여념이 없었고!

오늘 관객들은 휘닉스 CC의 직원들이었다.

한데, 이 많은 사람들 앞에서 신채린이 전혀 주위를 의식하지 않은 채 금슬 좋은 부부의 아내처럼 아주 사랑스러운 표정으로 김완의 얼굴을 닦아줬던 것이다.

이곳에 모인 사람들 대다수는 김완과 신채린이 평범한

사이가 아니라는 것을 눈치챘지만 이렇게 가까운 관계일 줄은 몰랐다.

어쨌든 〈힐링〉의 리허설은 계속됐다.

"죄송하지만 김완 선수… 혹시 어떤 개인기 없으십니까?"

"개인기요?!"

"핫핫! 아무리 토크쇼라도 얘기만 나누면 지루하거든요. 뭐 어떤 것이든 좋습니다. 노래든 춤이든 무술이든 상관없습니다."

"그, 글쎄요? 전 가진 재주라곤 골프 공 치는 것밖에 없는데……."

남 차장이 뜬금없이 개인기 타령을 하자 김완이 당혹해했다.

남 차장 말이 틀린 것은 아니었다.

아무리 토크 쇼라 할지라도 게스트가 유명가수의 모창을 한다든지 저명인사의 목소리나 버릇을 흉내 내면 나름 시청자들에게 깨알 같은 재미를 주기 때문이다.

"정 뭐하시면 아까 보여주신 검술(劍術)을 다시 한 번 보여주시는 것도……. 아하하!"

"그건 안 됩니다. 제가 검을 휘두르는 모습이 이런 TV프로에 나간다면 전 바로 파문입니다. 사부께서는 검을 사용하는 것은 술(術)이 아니라 도(道)라고 하셨습니다. 검도(劍道)를 희극 화시키는 것은 절대적인 금기죠!"

남 차장이 아까 김완이 펼쳤던 연검 솜씨를 재차 보여줄 것을 은근히 부탁하자 평소 김완답지 않게 단호하게 거절했다.

"저기— 노래 잘하시잖아요 선배! 피아노 연주 실력도 대단하구……."

"허이구! 지금 무슨 말하는 거냐? 피아노야 몇 번 쳐봤다지만 노래는 언제 불렀는지 기억조차 안 나."

이번에는 황연주가 노래와 피아노 얘길 꺼내자 김완이 화들짝 놀라며 손사래를 쳤다.

"아! 그거 재밌겠네. 오랜만에 우리 듀엣 한 번 해볼까?"

신채린이 눈을 반짝이며 끼어들었다.

"두 분이… 듀엣을 말씀입니까?"

"학교 다닐 때 많이 했거든요 너무 오랜만이라서 잘될까 모르겠네."

남 차장이 금테 안경을 치키며 반색하자 신채린이 들뜬 음성으로 대답했다.

"못 불러도 전혀 상관없어요. 우리 〈힐링〉이 무슨 가요 오디션 프로가 아니잖아요?"

"맞습니다! 이 PD 말대로 두 분이 TV에 출연하셔서 노래를 불러 주는 것만으로도 시청자들은 감동하실 겁니다. 삑사리가 마구 나도 괜찮습니다. 핫핫핫!"

이우성 PD와 남 차장이 〈힐링〉이란 프로를 시작하고 처음으로 손발이 맞았다.

삑사리란 음 이탈을 말한다.

"건반하고 기타도 준비돼 있습니다. 세션맨도 전화 한 통이면 바로 달려옵니다."

"헤헤헤! 선배님들은 그저 노래만 하세요. 옛날 생각하시면서 부담없이 부르세요."

남 차장과 황연주가 이때다 하고 밀어붙였다.

실은, 남 차장이 느닷없이 김완에게 개인기를 주문한 것은 신채린을 무대 전면으로 끌어내기 위한 황연주의 전략이었다.

서울대학교 밴드 음악 패거리, 〈서울패〉의 전설적인 33기 보컬리스트 출신으로 한때 음반 제작자와 음악 PD들의 열화와 같은 러브콜을 받았던 주인공!

지금도 유튜브에서 아마추어 가수가 부른 노래 중에서 가장 많은 조회수를 기록하고 있는 곡이 바로 〈서울패〉 33기가 젊은이의 가요제에 출전해 대상을 수상했던 〈하늘나라 소녀〉였다.

그 〈하늘나라 소녀〉를 부른 싱어가 바로 신채린이었고!

한때 대학가의 다운타운에서 전설적인 멤버였던 두 사람이 다시 뭉쳐 노래를 부른다면 어떤 느낌일까?

유난히 발달한 황연주의 호기심 세포가 또다시 요동을 쳤다.

"자기… 완 씨가 건반을 연주해. 난 그 반주에 맞춰서 노래를 할게."

신채린이 좀처럼 말버릇이 고쳐지지 않는 듯 자꾸만 말을 더듬었다.

"그래, 삑사리가 나도 상관없다면 한번 해 보지 뭐."

"후후, 좋아! 〈사랑보다 깊은 상처〉, 〈하늘나라 소녀〉, 〈너와 나의 이야기〉 이 세 곡이면 방송 분량은 충분히 될 거야."

"아핫핫! 물론입니다. 오 분씩만 잡아도 십오 분입니다."

신채린이 배우라는 직업은 어쩌지 못하는 듯 방송 분량까지 계산하며 말하자 남 차장이 잽싸게 추임새를 넣었다.

"아, 그리고 차장님! 지금 사용 가능한 연습 그린이 있나요?"

"물론이죠! 천연 잔디 그린과 인조 잔디 그린, 모두 이용할 수 있어요."

신채린이 어떤 생각이 난 듯 경쾌한 음성으로 남 차장에게 질문하자 황연주가 재빨리 대답했다.

"그럼 맥주병을 열 개쯤 준비해 주세요."

"전에 네게 보여줬던 거… 그거 하라고?!"

이번에는 남 차장 대신 신채린이 생뚱맞게 맥주병을 준비하라고 말하자 김완이 당황했다.

"응! 완 씨가 그 묘기를 보여주면 시청자들이 무척 좋아할 거야."

"무, 무슨 묘기씩이나? 필드에서 가끔 장난삼아 하던 건데……."

"아니야! 그건 장난이 아니라 진기명기 수준의 묘기라구!"

"어떤 기술인데 그러시죠? 신채린 씨!"

남 차장이 궁금한 듯 김완과 신채린의 대화에 끼어들었다.

"전에 제게 필드에서 몇 번 보여줬던 신기예요. 보시면 깜짝 놀라실 거예요."

"어이구, 예예! 기대하겠습니다."

골프황제 김완과 세계 최고의 여배우 신채린의 라이브 콘서트가 개최되고 황제의 진기명기가 펼쳐진다!

이러다가 이거 시청률 100% 나오는 거 아냐?

남 차장이 최대한 표정 관리를 하며 상상의 나래를 펼쳤다.

남 차장의 꿈처럼 100% 시청률은 나오지는 않았지만 근처까지는 갔다.

〈힐링〉의 〈골프황제 김완 편〉은 수도권 시청률 68%, 전국 시청률 65%를 찍었던 것이다.

남 차장을 남 부장으로 만든 무지막지한 시청률이었다.

하지만 이것은 방송 이후의 이야기!

"인사는 이쯤에서 끝내고 바로 본론으로 들어가겠습니다. 많은 시청자께서도 아시는 것처럼 김완 선수와 신채린 씨는 굉장히 가까운 사이입니다. 굉장히요!"

"굉장히라면 어느 정도 가까운 사이를 말하는 거죠? 천진규 씨!"

"아니, 오정희 씨! 그걸 왜 제게 물어보십니까? 두 분께 여쭤보세요, 두 분께!"

오정희가 잽싸게 천진규의 색깔있는 멘트를 물고 늘어지자 천진규가 짐짓 버럭 소리를 질렀다.

"오늘이 그날인가, 괜히 짜증이야? 두 분께 물어보면 될 거 아니에요! 저기 저 진짜 궁금해서 그러는데 두 분은 어떤 관계세요? 많은 시청자들이 궁금해하세요."

오정희가 평소 캐릭터대로 망설이지 않고 돌직구를 던졌다.

꿀꺽!

어디선가 침 넘어가는 소리가 들렸다.

그럴 수밖에 없었다.

남자는 지구 최고의 스포츠 스타라는 타이거 우즈를 누르고 골프황제에 등극한 대스타요, 여자는 대한민국 건국 이래 최고의 스타로써 한 세기에 한 명 나올까 말까 하다는 여배우였다.

두 스타 사이에는 이미 장편소설 세 권 분량쯤 되는 루머들이 돌아다니고 있었고!

물론 남 차장과 이 PD등은 아까 황연주가 준 사진을 보고 두 사람 관계를 확인했고, 〈힐링〉의 스태프들과 진행자들도 두 사람이 리허설 할 때 모습을 지켜보면서 아주 특별한 사이라는 것을 눈치챘다.

하지만 본인들이 입으로 말하는 것과 소문으로 듣는 것은 많이 달랐다.

매장에 진열된 케이크를 구경하는 것과 먹어보는 것 차이였다.

"하하하! 그, 글쎄요?"

"후후! 천 년 전부터 부부였어요, 우린!"

김완이 난처한듯 말을 더듬자 신채린이 그대로 쐐기를 박았다.

"……."

또다시 〈힐링〉의 녹화 장소인 휘닉스 컨트리 클럽 VIP동 라운지가 냉수를 뿌린 듯 조용해졌다.

아니, 이번에는 휘닉스 CC 전체가 침묵에 잠긴 듯했다.

천 년 전부디 부부였던 사이.

세상에 이 말처럼 확실하게 남녀 관계를 밝힐 수 있는 문장이 얼마나 될까?

"아하하! 알겠습니다."

"굉장히 진짜 굉장히 가까운 사이시군요."

신채린의 입에서 너무도 강력한 펀치가 터지자 진행자인 천진규와 김한조가 당황하며 얼버무렸다.

"아이고, 좋습니다. 뭐, 기왕 말이 나왔으니 몇 가지 더 어쭙겠습니다. 두 분은 어떻게 만나셨습니까?"

"어디서, 어떻게, 왜, 무엇 때문에 만나셨죠?"

천진규와 김한조가 개그톤으로 질문을 던졌다.

천 년 전부터 부부였다라는 신채린의 강펀치를 약간이나

마 희석시키기 위한 멘트였다.

신채린이 미소를 띤 채 김완을 쳐다봤다.

"리… 신채린 씨께서 먼저 말씀하시죠."

김완이 신채린에게 하는 존대가 영 어색한듯 자꾸 말을 더듬었다.

"열다섯 살 때였나? 어떤 학원의 강의실에서 처음 만났어요."

신채린이 그 시절을 떠올리는 듯 수줍게 웃으며 입을 열었다.

"강남의 단과 학원이었는데 수학2 과목을 강의하는 강의실이었어요. 전 그때 검정고시에 합격한 뒤 대학입시를 준비하고 있었거든요."

"허어어?! 그럼 신채린 씨도 검정고시를 보셨습니까?"

천진규가 뜻밖이라는 듯 말을 던졌다.

"네에! 김완 씨와 전 비슷한 점이 꽤 많아요. 저는 초등학교를 아예 가지 않고 무슨 영재학교 같은 데를 다녔었거든요. 집에서 선생님들을 초빙해서 공부를 했고……."

"그건 잘 알고 있습니다. 신채린 씨는 IQ가 180이 넘는 천재라고 소문난 분이니까요."

김한조가 머리 빠른 개그맨답게 시청자들이 신채린의 말을 쉽게 알아들을 수 있도록 예를 들어 줬다.

"아예 좋습니다! 그래서 누가 먼저 대시를 했습니까? 당연히 남자인 김완 선수께서 먼저 옆구리 쿡쿡 찔렀겠죠?"

천진규가 넘겨짚는 멘트를 던졌다.

"제가 먼저 했어요. 후후……."

다시 신채린이 거침없이 고백했다.

"시, 신채린 씨가요??"

"세상에! 세상에! 천하의 신채린 씨가 먼저 대시를 하셨다구요?"

"실화예요? 픽션 아니에요?"

"실은 그날……."

"잠깐! 김완 선수는 좀 빠지세요. 이런 결정적인 대목에서 남자가 끼는 건 정말 밥맛이에요. 그래서요 신채린 씨? 뭐라고 말을 거셨나요??"

오정희가 코믹한 어투로 김완의 말을 막았다.

남 차장이 사전에 그렇게 지시했기 때문이었다.

김완이 메인 게스트지만 가급적이면 신채린에게 말할 기회를 더 많이 줘라.

그것이 대한민국 국민의 숭고한 뜻이다!

그 숭고한 뜻을 신채린이 열심히 이어갔다.

"그날 전 지각을 해서 헐레벌떡 강의실에 들어갔는데

뜻밖에도 공강이었어요. 그 큰 강의실에 김완 씨를 비롯해 서너 명의 학생들이 자습을 하고 있더라구요. 어떻게 된 상황인지 김완 씨에게 다가가 물어봤죠. 김완 씨가 선생님이 어쩌구 설명을 하는데 하나도 귀에 들어오지 않았어요."

"왜, 왜요?"

신채린이 김완과의 첫 만남을 설명하자 천진규가 나이에 걸맞지 않게 못생긴 귀를 쫑긋 세우며 달려들었다.

"후우! 넘 멋있었거든요. 키가 훤칠하게 크고 깨끗하게 생긴 귀공자. 제가 그리던 그런 남학생이었어요. 집에 오는 동안 멍해져서 꼭 뭔가에 취한 듯했어요."

"화아아아— 우리 국민배우 신채린 씨가 김완 선수에게 한 방에 혹 가셨네요?"

"호호호! 김완 선수가 신채린 씨를 향해 홀인원을 날리셨군요."

"후후! 진짜 홀인원이었어요."

"그럼, 그럼 김완 선수는 어땠습니까? 신채린 씨를 처음 만났을 때 소감이?"

천진규가 짐짓 질투어린 표정을 지으며 김완에게 들이댔다.

"전 그날 밤 한숨도 자지 못했습니다. 밤새 신채린 씨 얼굴이 어른거려서요."

"크흐흐흐! 김완 선수도 첫눈에 반하셨군요?"

"당연하죠. 저도 남잔데! 얼마나 예쁜지… 정말 숨을 쉴 수가 없더라구요. 어휴!"

"후… 진짜??"

신채린이 사랑이 듬뿍 담긴 눈으로 김완을 쳐다보며 확인했다.

"진짜, 진짜 그러셨을 겁니다. 김완 씨 말에 충분히 공감합니다."

"맞습니다. 신채린 씨에게 첫눈에 반하지 않은 남자는 둘 중 하납니다. 트랜스 젠더거나 내시거나!"

"호호호! 맞아요. 여자인 제가 봐도 현기증이 날만큼 예쁜데요, 뭐!"

천진규 등 진행자들이 신채린의 미모에 대해 거품을 토했다.

이런 얘기.

게스트들의 사랑 얘기가 토크쇼인 〈힐링〉의 하이라이트였다.

시청자들도 스태프들도 부담이 없고 흥미진진한 스토리들.

게다가 지금처럼 톱스타들의 러브 스토리라면 모조건 채

널 고정이었다.

원래, 대본에 있던 질문은 여기까지였다.

하지만 남 차장이 계속 진행하라고 한 손을 빙글빙글 돌려 사인을 보냈다.

남 차장은 신채린이 서브 게스트로 출연하는 순간 마음을 굳혔다.

〈골프황제 김완 편〉은 〈힐링〉 최초로 1, 2, 3부까지 녹화해 삼 주 연속 방영하기로!

천진규가 베테랑답게 남 차장의 뜻을 눈치채고 다시 질문을 시작했다.

"자! 이제 학원얘기는 그만하고 학교로 돌아가 볼까요? 두 분 다 대학입학자격 검정고시에 합격하셨습니다. 그런데도 대학을 가지 않고 대한외고에 들어갑니다. 왜 그러셨죠? 두 분이 외고에 간 것도 의논을 하신건가요?"

"제가 가자고 했어요. 김완 씨랑 같이 학교를 다니면 무척 재미있을 것 같았거든요."

"재미있죠! 제가 남녀공학을 졸업해서 잘 알아요. 남친이랑 함께 다니면 학교생활이 전혀 지루하지 않죠. 성적은 좀 거시기해지지만."

오정희가 웃으면서 신채린의 말에 맞장구를 쳤다.

"핫핫! 어떻습니까? 신채린 씨나 김완 선수는 고등학교

때 공부 잘하셨습니까?'

천진규가 궁금한듯 야릇한 미소를 띠며 물었다.

"저도 나름 한 공부 했는데 신채린 씨는 정말 잘했습니다. 외고를 수석으로 입학했고 수석으로 졸업했으니까요. 전국 영어경시대회와 수학경시대회에서 일등을 했고 세계 과학 올림피아드에 나가 물리 부문에서 금메달을 수상했을 정도입니다. 대학수학능력시험도 만점으로 전국 수석이었고 서울대학교도 수석으로 입학했습니다."

"허이이구— 괜히 세계에서 제일 머리 좋은 배우가 아니었군요! 학창 시절에 일등 아니면 수석이었네요 신채린 씨는?"

"후우! 그냥 열심히 했죠, 뭐."

"아이! 공부얘긴 그만하죠? 짜증이 파도처럼 밀려와요."

"아하하핫!"

오정희의 투정 어린 멘트에 천진규와 김한조 김완 등이 웃음을 터뜨렸다.

"미안합니다, 오정희 씨! 그럼 이번에는 예술 쪽으로 가봅시다. 신채린 씨 프로필을 보니까 고등학교 일 학년 때부터 배우 생활을 하셨더군요."

천진규가 오정희의 심정을 십분 이해한다는 듯 고개를 주억거리며 화제를 돌렸다.

"그 점은 저를 연예계에 입문시킨 김완 씨에게 물어보세요."

신채린이 미소를 띤 채 김완을 쳐다보며 말을 받았다.

머리 좋은 여배우답게 자꾸 자신에게 포커스를 맞추려는 제작진의 의도를 읽고 살며시 김완 쪽으로 틀었다.

"외고 입학식이 끝나고 삼 일쯤 지났을 때였습니다. 제가 할머님 심부름으로 서울 홍대 입구 쪽을 가게 됐었어요. 어떤 아저씨가 명함을 주시면서 하이틴 영화의 남녀주연을 공모하는데 오디션에 응시해 보라고 하시더군요."

"하아! 김완 선수가 길거리 캐스팅이 되셨군요?"

"그럴 만도 하죠. 워낙 미남이시니까."

김한조와 오정희가 감탄사를 연발하며 김완의 말을 이어줬다.

"왠지 호기심이 생기대요. 그 다음 주 일요일 날 혼자 갈 용기는 없고 해서 신채린 씨와 함께 가서 오디션을 봤습니다."

"결과는?"

김한조가 개구쟁이 미소를 지으며 김완 앞에 얼굴을 바짝댄 채 질문을 했다.

"하하하! 저는 일찌감치 예선에서 떨어졌고 신채린 씨는 합격했습니다. 무려 이천 대 일을 뚫고!"

"컷! 수고들 하셨습니다. 잠시 쉬었다가 가겠습니다."

김완이 막 오디션 결과를 발표했을 때 남 차장이 녹화를 중단시켰다.

팟!

스텐다드 카메라의 조명이 꺼졌다.

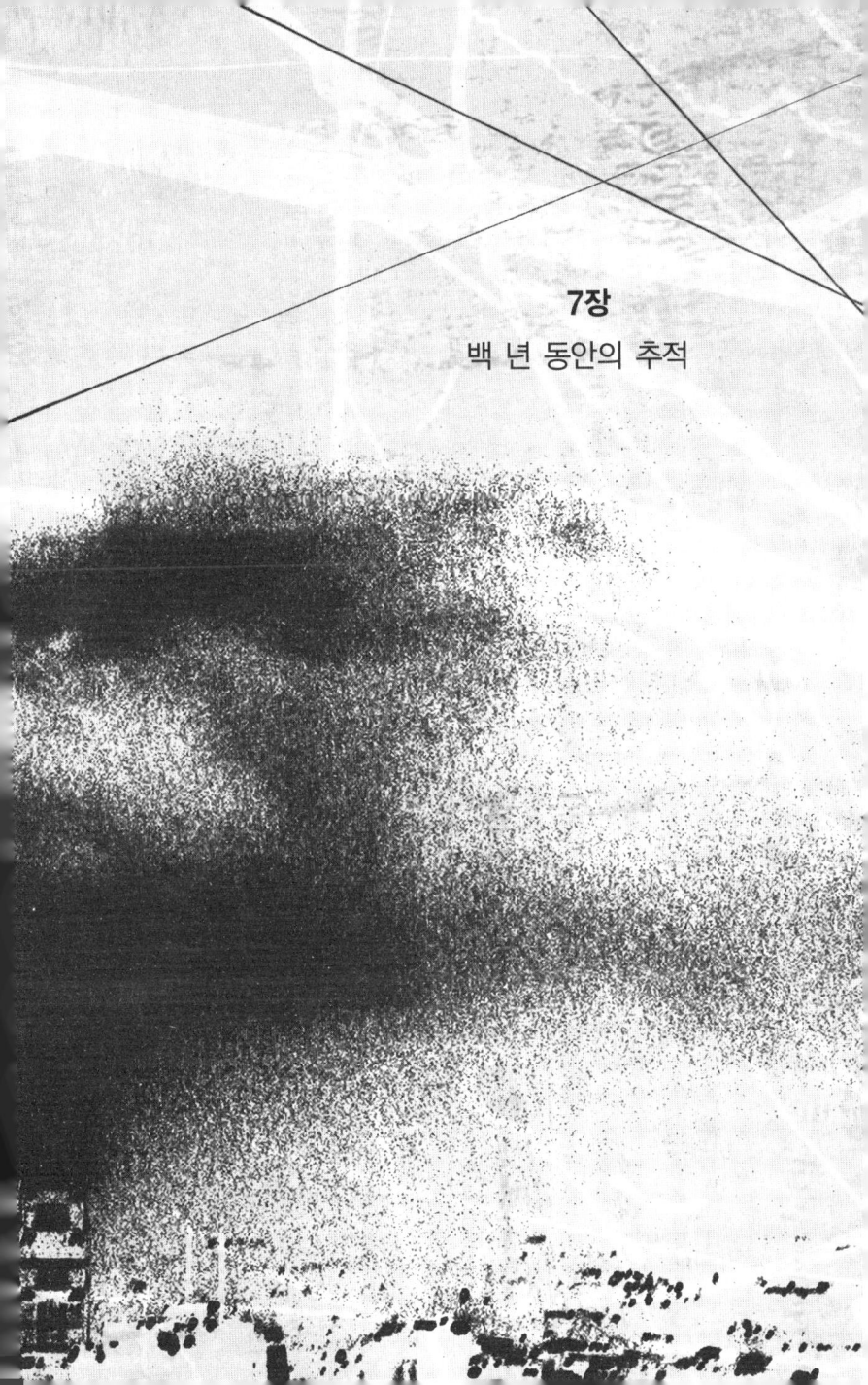

7장

백 년 동안의 추적

세계 유일의
남자

번쩍!

군용랜턴이 일제히 켜졌다.

경기도 안성의 휘닉스 CC에서 막 카메라 조명이 꺼졌을 때 시베리아 횡단 열차가 지나가는 러시아 클라스노야르스크시의 근교에 주둔한 전차부대 내에 있는 한 폐광 안에서 군용랜턴이 주위를 환하게 밝혔다.

빠지직! 빠지직!

비위에 거슬리는 기음과 함께 얼룩무늬 야상을 걸치고 군용 랜턴을 든 사십대 동양인 사내 두 명이 지독한 악취가 풍기는 어두운 갱도를 걸어갔다.

그 뒤로 두툼한 털 코트 차림의 깡마른 동양인 노신사가 AK47 자동소총으로 중무장 한 일단의 러시아 군인들의 경호를 받으며 묵묵히 따라 갔다.

"우리가 얼마나 걸어왔느냐? 혼다!"

꽤 오랜 시간을 걸었을 때 노신사가 입을 열었다.

"두 시간쯤 됐습니다, 각하!"

랜턴을 든 채 노신사의 앞에 서서 걸어가던 사십대 동양인 사내, 혼다가 휴대폰을 꺼내보며 공손하게 대답했다.

"두 시간이라? 좌측 벽을 비춰봐라!"

"옛! 각하."

노신사가 명령을 내리자 혼다와 또 한명의 동양인 사내가 재빨리 랜턴을 돌려 왼쪽 벽을 밝혔다.

"……!"

순간, 혼다가 흠칫했다.

시뻘겋게 녹이 슨 수십 개의 철문들이 늘어 서 있는 왼쪽 벽에는 말매미만한 바퀴벌레들과 어린애 주먹 크기의 거미들, 큼직한 미꾸라지처럼 생긴 지네들이 이름조차 알 수 없는 벌레들과 함께 말 그대로 벌떼처럼 붙어 꿈틀대고 있었다.

"오른쪽에서 세 번째 방이다. 열어라!"

"옛 각하!"

탕!

노신사의 명령이 떨어지기 무섭게 혼다가 권총을 꺼내 철문에 붙어 있는 자물통을 쏘아 박살냈다.

"앞장서라 혼다! 미나미는 뒤를 맡고!"

"합! 각하."

혼다가 랜턴을 든 채 주저없이 철문이 붙어 있던 방으로 걸음을 옮기자 노신사가 성큼 따라 들어갔다.

철컹! 철문이 닫히며 미나미가 권총을 뽑아 든 채 경계를 섰다.

"네가 서 있는 곳에서 우측 벽을 비춰라."

"예, 옛 각하!"

일순, 혼다가 대답을 더듬었다.

자신이 서 있는 방에서 풍기는 악취가 너무 지독해 입이 빨리 열리지 않았던 것이다.

"벽에 일본어가 새겨져 있느냐?"

"예옙! 각… 크윽!"

이번에는 혼다가 대답을 하다 멈추며 마른 비명을 삼켰다.

입속으로 벌레들이 기어 들어왔던 것이다.

"읽어봐라!"

"나는 기무라 슈운로쿠(木村俊六)…… 일본 황실의 외척으로 도쿄 출신… 일본 육군 중앙 유년학교 졸업… 일본 육군사관학교 졸업… 일본 나가노정보학교 졸업… 일본 육군대학 졸업… 일본 육군 중장으로 천황으로부터 남작위 수여……. 소비에트 연방공화국에 포로로 잡혀와 시베리아 수용소의 탄광에서 노역중……."

와작와작!

혼다가 입속으로 뛰쳐 들어오는 벌레들을 씹으며 랜턴으로 칙칙한 이끼들과 벌레들로 뒤덮인 벽을 밝힌 채 벽에 새겨진 글씨들을 읽어갔다.

"그만!"

"옛! 각하."

"사람들은 이런 암흑속의 좁은 공간에 갇히면 처음엔 마구 욕을 하며 소리를 질러대고 난리를 피우지. 종내는 모든 것을 포기하고 조금씩 죽어간다."

"……."

"놈들은 할당된 작업량이 약간이라도 부족하고 수용소내 사고라도 터지면 포로 중에서 계급이 가장 높았던 나를 이 징벌방에 가뒀다. 한 달이고 두 달이고 수용소가 정상으로 가동될 때까지……. 난 정신을 잃지 않으려고 손가락을 깨물며 내가 살아왔던 이야기들을 벽에 쓰면서 버텼다. 어느 날인가 거의 바퀴벌레 울음소리 같은 사람소리가 들려왔지!"

"나베시마 게이지로(鍋島桂次郎) 공."

"그래! 나는 당시 우리 대일본제국의 외무성 중국국장이었던 나베시마 게이지로를 만났다. 이 징벌방에서!"

노신사가 랜턴으로 벽을 비췄다.

"…제가 직접 중국 상해의 독일계 은행인 덕화은행에 가서 은행장을 만나 남판을 짓고 조선의 고종 황제가 맡겨놓은 비자금의 절반인 독일 화폐로 100만 마르크을 찾았습니다, 각하! 독일 놈들도 음흉하기 짝이 없어서 반은 자신들이 먹으려 했습니다. 저는 100만 마르크를 품속에 넣고 은행을 나오면서 퍼뜩 한 가지 생각이 떠올랐습니다. 이것은 미끼다! 헉헉헉… 이제 각하와 이별을 해야겠군요. 저는 더 이상……."

"나베시마 국장!"

"지금까지 제가 보고 드린 말씀은 한 치의 거짓도 없음을 맹세합니다. 부디 각하께서 조선의 왕들이 남긴 비자금을 찾아 내서서 다시 한 번 대일본제국의 영광을……. 컥!"

"안 돼, 나베시마!"

처벅처벅!

'1946년 겨울, 조국에 돌아온 나는 지금까지 육십여 년 동안 조선왕들이 남겨놓았다는 비자금을 찾아 헤맸다.'

노신사가 갱도에 들어갈 때와 똑같은 자세로 혼다와 미나미를 앞세우고 러시아 군인들의 호위를 받으며 갱도를 걸어 나왔다.

'겨우 꼬리를 잡은 것이 여왕벌이었다.'

'하루도 눈을 떼지 않고 감시했다. 십 년 이십 년 삼십 년 동안!'

'한데 그 오랜 세월 동안 정말 아무 일도 없었다. 어디서 뭐가 잘못된 것일까?'

노신사 기무라 슈운로쿠.

제2차 세계대전 당시 일본제국 황군의 비밀 특무조직의 수괴로서 중국 청나라 황실에서 숨겨놓았던 비자금을 찾아낸 보물사냥꾼!

한일 양국의 국교가 정상화된 1965년 6월 22일, 도쿄에서 〈대한민국과 일본국 간의 기본관계에 관한 조약〉이 서명될 때까지 배후에서 엄청난 노력을 한 일본 정계의 거물로서 일 년이면 수차례 한국을 방문하는 대한민국 정재계에 잘 알려진 친한파 인사였다.

그가 소련군에게 포로로 끌려가 오 년 동안이나 노역을 했던 시베리아의 한 폐광을 살펴보고 나오는 길이었다.

몇 시간 전에 대한민국의 공주시에서 날아온 이메일을 한 통 받은 뒤!

"훗!"

기무라가 자신의 얼굴에 붙어 있던 바퀴벌레 한 마리를 떼어 내며 잇새로 웃었다.

"혼다!"

"예! 각하."

"아까 보니 너는 바퀴벌레를 먹을 줄 모르더구나. 그렇게 마구 씹어서 먹으면 시금털털하고 비위가 상해 몇 마리 먹지 못한다."

"……!"

"바퀴벌레는 이렇게 먹는 것이다. 먼저 다리와 머리를 떼어내고 내장을 제거한 후 껍데기를 벗기고……."

아드드득!

기무라가 거침없이 바퀴벌레 한 마리를 입속에 넣고 맛있게 씹었다.

"제법 살이 통통하게 올랐구나. 여름 내 시베리아 벌판에서 잘 먹었기 때문이지."

"……!"

"여왕벌이 죽으면 한국의 일은 끝이다. 죽기 전에 확실하게 마무리 짓거라."

"합! 각하."

"다시는 나처럼 이 시베리아까지 끌려와 바퀴벌레를 씹어 먹으며 강제노역에 시달리다 죽어가는 신민이 없으려면 우리 대일본제국이 세계열강 중에서 으뜸이 되는 수밖에 없다. 알겠느냐 혼다?"

"옛, 각하!"

"한국에서의 일이 성공한다면 우리 대일본제국에 많은 보탬이 될 것이야."

"각골명심하겠습니다. 각하!"

우르르릉! 쿵쿵!

그때, 엄청난 굉음이 들리며 폐광이 흔들렸다.

"껄껄껄! 고향에 돌아오신 것을 진심으로 환영합니다. 각하!"

폐광 앞에서 가슴에 훈장을 주렁주렁 매달고 양쪽 어깨에 별을 여덟 개씩이나 붙인 러시아 지상군 사령관 불라드미르 킴 장군이 일단의 참모들을 대동한 채 우뚝 서 있었다.

"오랜만에 뵙습니다. 장군!"

기무라가 정중하게 허리를 접었다.

"회포는 잠시 후에 풀기로 하고 일단 주문하신 물건을 먼저 살펴보시지요."

"……!"

"어떻습니까? 우리 러시아가 자랑하는 저 최신예 T 90전차는 라스프티챠가 계속되는 지옥의 늪 속에서도 세단처럼 움직입니다."

구구구궁!

라스프티챠, 러시아의 유명한 가을장마.

그 악명 높은 가을장마가 시작된 지금 온통 진흙탕으로 바뀐 시베리아 평원에서 러시아의 주력전차인 T90 백여 대가 지축을 울리는 굉음과 함께 거침없이 달려가고 있었다.

기무라 슈운로쿠.

2008년 미국 포브스지가 선정한 세계 십대 부자 중 일곱 번째 인물로써 낮에는 정치를 했고 밤에는 무기를 팔았다.

취미는 보물찾기였고!

8장
골프황제와 세계최고의 여배우

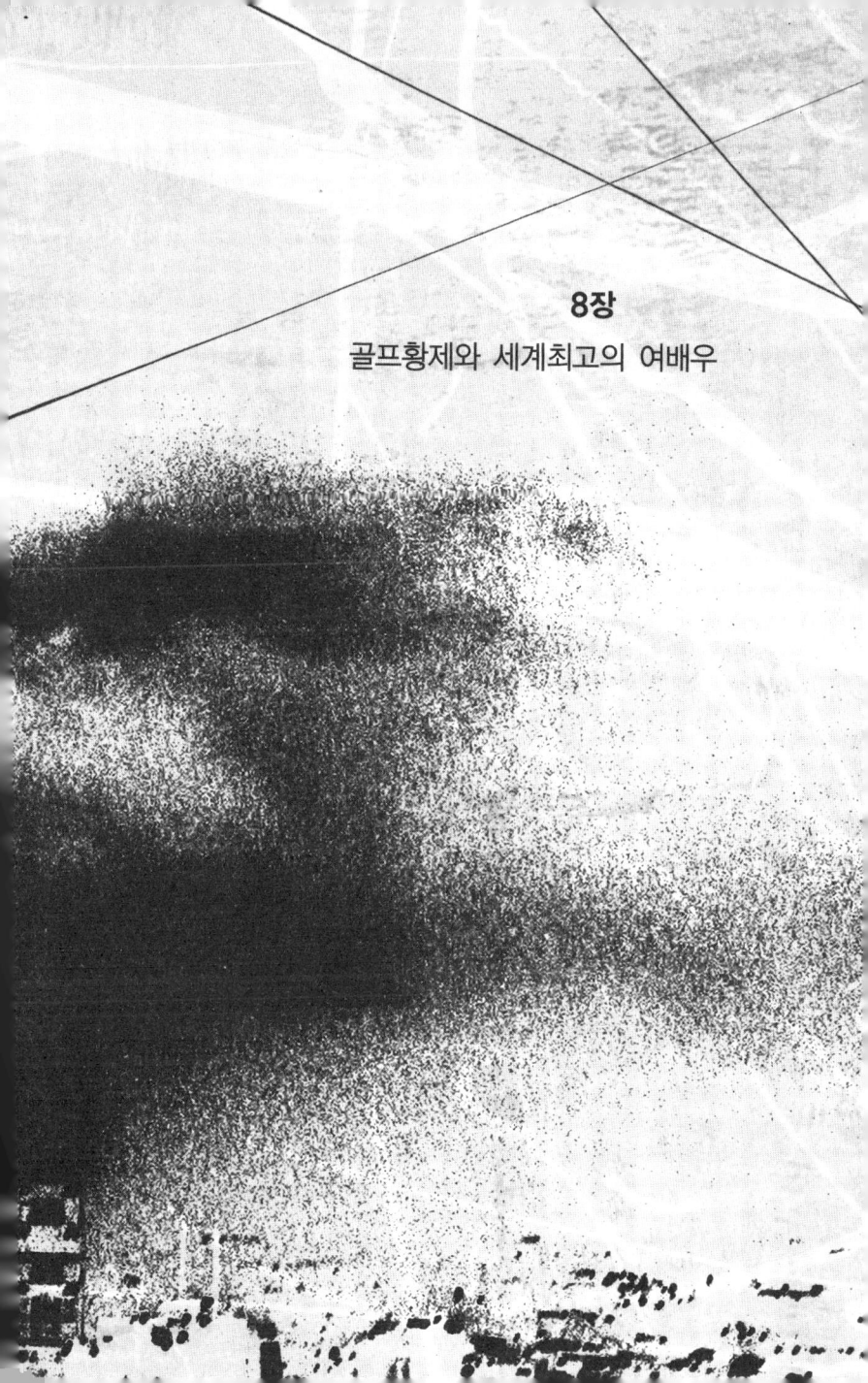

세계 유일의

골프(GOLF)!

GRASS(G), OXYGEN(O), LIGHT(L), FRIEND(F)에서 머리글자를 따 이름을 지었다고 하는 이 스포츠는 스코틀랜드의 양치기 목동들이 초원에서 막대기로 돌을 때려 토끼굴에 집어넣는 놀이에서 유래됐다고 한다.

이름처럼 푸르른 들판에서 신선한 공기와 햇빛을 맞으며 친구와 함께 즐기는 골프는 요트 승마와 더불어 전형적인 상류층 운동으로 꼽혔다.

하지만 2008년도인 작년에 우리나라 골프장을 이용한 인구가 삼백만을 넘어섰고 골프가 가장 성행하는 국가인 미국에서는 무려 삼천만을 넘어 사천만에 육박한다니 이제 꼭 부자들의 놀이라고 치부하기에는 무리가 좀 있었다.

어둑한 밤이 된 휘닉스 CC.

휘익— 딱!

김완이 1번 홀 티박스에 서서 소위 〈또라이봉〉이라 불리는 골프채, 1번 우드 드라이버를 든 채 호쾌한 샷을 날렸다.

수십 개의 조명등이 1번 홀의 페어웨이를 대낮처럼 밝히고 있었고, ENG, EFL, HD 등 카메라 십여 대가 조명을 맥시멈으로 밝힌 채 페어웨이 곳곳에 배치돼 있었다.

페어웨이란 공을 치는 출발점인 티 박스에서 홀컵이 있는 그린까지 잔디가 잘 정돈된 길을 말한다.

잔디 위에 작은 구멍을 하나 파 놓고 어느 정도 거리가 떨어진 곳에서 막대기로 공을 쳐 그 구멍 속에 집어넣는 것!

이것이 골프라는 운동이었다.

경기 방법 또한 간단했다.

예를 들면, 지금 김완이 드라이버샷을 날리며 몸을 푸는 1번 홀은 파4홀이었다.

네 번을 쳐서 구멍 속에 공을 넣는 것이 가장 이상적이란 뜻으로 파4, 네 번을 치는 것이 기준 타수가 된다.

이 홀에서 어떤 선수가 딱 한 번을 쳐 구멍 속에 공을 넣었다면 그 사람이 일등이고, 여러 번 쳐서 구멍 속에 넣었다면 그만큼 뒤처지게 된다.

즉, 기준타수보다 적게 치면 적게 칠수록 우수한 선수다.

이 파4홀에서 단 한 번 쳐서 공을 홀컵에 넣으면 홀인원.

두 번에 넣으면 이글.

세 번에 넣으면 버디.

네 번에 넣으면 기준 타수인 파.

다섯 번에 넣으면 보기.

여섯 번에 넣으면 더블 보기.

일곱 번에 넣으면 트리플 보기라고 부른다.

이 외에도 수많은 전문용어들과 복잡한 경기 규칙이 삼백 쪽 분량의 책 한 권쯤 되니까 천천히 설명하기로 하자.

"우아아아!"

남 차장 황연주를 비롯한 〈힐링〉의 스태프들과 휘닉스 CC의 직원 등 오십여 명의 관중이 김완의 부드럽고 호쾌한 샷을 구경하면서 감탄사를 연발했다.

김완이 가볍게 샷을 날리는 것 같은데도 간단히 300미터를 넘기고 있었기 때문이다.

그 유명한 골프선수 타이거 우즈의 평균 비거리가 약 270미터쯤 됐으니 김완이 어느 정도 장타자인지 쉽게 짐작

할 수 있을 것이다.

정녕 골프황제다운 샷이었다.

김완이 새로운 골프황제로 등극한 이유는 헤아릴 수 없이 많았지만 지금 보는 것처럼 생고무 같은 몸에서 뿜어져 나오는 엄청난 장타가 그 첫 번째였다.

두 번째는 컴퓨터처럼 정확한 퍼팅이었고!

한데, 지금 김완은 골프 경기를 하는 것이 아니라 진기 혹은 명기를 보여주기 위해 몸을 풀고 있는 중이었다.

김완이 어느 정도 몸이 풀렸는지 드라이버를 내려놓고 5번 아이언 매시를 뽑아 들었다

휘이익— 딱딱! 탁!

"와아아아아!"

김완이 매시로 치는 골프공이 페어웨이 백 미터쯤 밖에 임시로 세워놓은 전봇대처럼 생긴 기둥에 정확하게 맞추자 휘닉스 CC 직원들이 탄성을 토했다.

휘닉스 CC 직원들은 골프장에서 일을 해 먹고사는 사람들이었다.

골프에 관계된 부분에 관해서는 전문가라고 해도 과언이 아니었다.

지금 김완이 날리는 샷이 얼마나 대단한지 〈힐링〉의 스태프들보다 훨씬 잘 알았다.

황연주와 휘닉스 CC 직원들은 왜 매스컴에서 김완을 골프황제라 부르는지 드라이버와 아이언 샷만을 보고도 감이 잡혔던 것이다.

"아후, 오빠— 나이샷! 죽여줘요."

십대 때부터 김완을 쫓아다니며 골프를 배워 이미 세미프로의 경지에 도달한 신채린이 프라이팬에 올려놓은 콩처럼 통통 튀며 응원을 했다.

지옥에서 뛰쳐나온 괴물처럼 생긴 꽃님이는 신채린 옆에 점잖게 서 있었고!

"대충 몸이 풀린 것 같습니다. 시작하시죠, 남 차장님!"

김완이 남 차장을 돌아보며 손을 흔들었다.

"좋습니다. 다시 녹화 들어가겠습니다. 카메라… 하이 큐!"

남 차장이 큐 사인을 내고 황연주가 다시 딱딱이를 쳤다.

천진규가 1번 홀이 시작되는 티박스에 서서 마이크를 든 채 멘트를 시작했다.

"시청자 여러분! 우리 〈힐링〉에서는 골프황제로 불리는 김완 선수가 정녕 골프의 달인인지 테스트하기 위해 몇 가지 미션을 준비했습니다."

"첫 번째 미션은 열 번의 티샷을 날려 여기서 백 미터쯤 떨어진 오 미터 높이의 기둥 위에 놓여 있는 모형 비둘기

세 마리를 맞춰 떨어뜨리는 것입니다."

천진규와 김한조가 교대로 멘트를 이어 갔다.

"아후후! 이 미션이 가능할까요? 전 모형 비둘기가 어디 있는지 보이지도 않는데요."

"안심하세요, 오정희 씨! 여차하면 제가 총을 쏴서 잡겠습니다.

"참나! 뭐가 보여야 총을 쏘든 칼을 던지든 하죠?"

오정희와 김한조가 서로 말을 주고받으며 지금 김완이 타개해야 할 미션이 얼마나 어려운지 간접적으로 설명해 줬다.

"지금 두 분은 골프황제를 어떻게 보고 하시는 말씀입니까? 충분히 가능합니다. 그렇죠? 김완 선수!"

"흐음……. 글쎄요? 페어웨이가 좀 어두워서 그렇긴 합니다만 최선을 다해 보겠습니다."

"좋습니다. 그럼 시작하시죠!"

천진규가 미션 개시를 알렸다.

김완이 역시 5번 아이언 매시를 들었다.

…….

순간, 휘닉스 CC가 조용해지면서 1번 홀의 페어웨이가 바람 한 점 없이 잠잠해졌다.

황연주가 마른침을 삼켰다.

이미 밝혔듯 황연주는 초등학교 시절에 골프를 시작했다.

해서 현재 김완이 보여주려는 묘기가 얼마나 난이도가 높은지 너무나 잘 알았다.

오정희 말대로 총을 사용해도 쉽지 않은 미션이었다.

게다가 지금은 밤이었다.

아무리 환하게 조명을 밝혔다 해도 낮과 밤의 거리 감각은 전혀 틀리다.

만약 김완이 이 미션을 성공한다면 골프황제라는 닉네임을 바꿔줘야 한다.

골프의 신(神)으로!

김완이 멀리 페어웨이 중앙에 설치돼 있는 기둥을 힐끗 보고 신중하게 준비자세,

어드레스에 들어갔다.

"흑!"

찰나, 남 차장과 황연주등 〈힐링〉의 스태프들과 천진규 등 진행자들이 자신들도 모르게 마른 비명을 터뜨리며 뒷걸음질쳤다.

살기(殺氣)!

5번 아이어 매시를 잡은 채 신중하게 준비 자세에 들어간 김완의 몸에서 무서운 살기가 뿜어져 나왔다.

잡고 있는 아이언은 흡사 잘 갈린 칼처럼 보였고 목표물을 힐끔 쳐다보는 김완의 자세는 마치 상대방의 목을 베기 위해 집중하는 무사처럼 느껴졌다.

지난 봄 미국의 조지아주에서 열렸던 마스터스 대회에서 아나운서와 해설자가 말한 그대로였다.

—비켜라! 아니면 목이 떨어진다.

김완의 자세는 이렇게 말했다.

휘이익— 땅!

골프공이 경쾌한 타구음과 함께 페어웨이를 날아갔다.

골프공이 정확하게 기둥을 맞췄지만 기둥 위에 놓여 있는 비둘기 모형과는 거리가 좀 있었다.

"와아아아!"

그래도 〈힐링〉의 스태프들과 휘닉스 CC 직원들은 탄성을 토했다.

안개가 낀 어둠침침한 밤에 골프공이 백여 미터를 날아가 직경 이십 센티쯤 되는 기둥을 정확히 맞춘 것만 해도 좀처럼 믿을 수 없는 솜씨였기 때문이다.

휙— 딱!딱!

김완이 연속해서 세 번의 샷을 날렸지만 비둘기 모형을

맞추지 못한 채 계속해서 기둥 윗부분만을 때렸다.

"아후— 여보야! 지금 뭐하는거야?"

신채린이 급했는지 김완과 둘이 있을 때만 쓰는 호칭을 자신도 모르게 뱉었다.

'여, 여보야?!'

남 차장을 비롯한 〈힐링〉의 모든 스태프들이 움찔했다.

"집중 집중! 여보야가 나한테 늘 잔소리하잖아. 집중을 해!"

신채린은 전혀 주의를 의식하지 않은 채 계속해서 쫑알거렸다.

"하하, 걱정 마, 리나야! 지금 영점을 잡는 거야. 감을 잡는 거라구!"

김완이 웃으면서 대꾸했다.

이 부분.

신채린과 김완이 다정한 부부처럼 나눈 이 대화 때문에 남 차장이 편집을 하면서 삼박사일을 고민했다.

음소거하지 않고 그냥 내보내면 시청률 따위는 신경 쓸 필요도 없이 DBS의 홈페이지나 〈힐링〉의 게시판을 간단히 마비시켜 버릴 것이다.

김완이나 신채린과의 인연도 간단히 마비될 것이고!

그렇다고 음소거를 하자니 소재가 너무 아까웠다.

결국 남 차장은 두 사람과의 좋은 인연을 택했다.

이 PD 말처럼 부장까지 해먹고 방송사를 그만두긴 싫었기 때문이다.

휘이익! 딱딱!

"와아아아아! 짝짝짝!"

김완이 친 골프공이 날아가 기둥 위에 있는 비둘기 모형을 정확히 맞추며 흡사 비둘기가 총에 맞아 떨어지는 것처럼 보이자 〈힐링〉 스태프들과 휘닉스 CC 직원들이 미친 듯이 박수를 치며 환호를 했다.

"세상에나! 세상에나! 정말 대단하시네요, 정말 대단해요! 김완 선수!"

"지금 혹시 총으로 쏜 거 아닙니까?! 어떻게 잘 보이지도 않는 비둘기 모형을 골프공을 날려 맞출 수가 있죠?"

"하하하! 순전히 운이었습니다, 운."

김완이 몹시 긴장한 듯 얼굴에 흐르는 땀을 훔치며 특유의 겸손한 성품대로 모든 것을 운으로 돌렸다.

"후우우! 역시 우리 자기… 김완 씨야."

신채린이 흥분한 듯 얼굴이 붉게 변한 채 김완의 가슴을 뚝뚝 쳤다.

더블어 키스를 해달라고 입술을 내밀었다.

"……!"

김완이 깜짝 놀라며 주위를 흘어봤다.

"치이……."

신채린이 샐쭉해 졌다.

김완이 신채린에게 급히 눈치를 줬지만 남 차장을 비롯한 〈힐링〉의 스태프들이나 천진규를 비롯한 진행자들은 신채린이 삐진 이유를 김완보다 더 빨리 눈치챘다.

"자아! 그럼 다음 미션을 수행하기 위해서 잠시 자리를 이동하겠습니다."

"다음 미션은 뭔가요 천진규 씨!"

오정희가 미소를 띤 채 질문을 던졌다.

"예! 이번에는 김완 선수가 모래 웅덩이, 벙커 안에 빠진 골프공을 쳐 그린 위에 놓인 맥주병을 정확히 맞추고 홀컵으로 빨려드는 묘기를 보여드릴 것입니다."

"아휴휴휴― 이번에는 첫 번째 미션보다 더 어려운 도전이군요. 제가 골프를 약간 해봐서 아는데 벙커에 빠진 공을 쳐서 그린에 올리기도 힘들어요. 근데 맥주병까지 맞추고 홀인을 시킨다니 원??"

"그러니까 골프황제만이 도전할 수 있는 신의 미션입니다. 껄껄껄!"

천진규는 비둘기 모형을 맞추는 첫 번째 미션을 지켜본 후 김완의 능력을 믿었다. 실은, 천진규도 올해로 골프 경력이 이십 년이 넘었다.

젊은 시절 한때 골프에 빠져 레슨 프로로 나가보려고 도전까지 했던 고수였다.

단지 연예인이 사치스럽게 어쩌구 하는 소리가 듣기 싫어서 이미지 관리상 공개적으로 밝히지 않았을 뿐이다.

지금 천진규가 본 김완은 황연주가 예상한 것처럼 골프의 신(神)이었다.

인간 골퍼들은 도저히 넘을 수 없는 불가능한 벽을 아주 쉽게 극복했기 때문이다.

—숫자 1부터 10까지 적혀 있는 맥주병 열 개를 그린 위의 홀컵 주위에 둥글게 놓고 한 사람이 숫자를 부르면 그 숫자가 적혀 있는 맥주병을 맞추고 홀인원시킨다. 그것도 벙커에 빠진 골프공을 쳐 올려서!

이 말도 안 되는 미션을 김완은 샌드웨지를 잡고 아주 쉽게 달성했다.

정작 김완이 어려워했던 미션은 신채린이었다.

열 개의 골프공을 모조리 홀컵에 집어넣자 신채린이 비명 같은 환호성을 내지르며 나비처럼 날아가 안기면서 키스 세례를 퍼부었기 때문이다.

남 차장을 비롯한 〈힐링〉의 스태프들은 머리를 북북 긁으며 먼 산을 바라보았고.

가을이 깊어가는 밤에 휘닉스 CC에서 펼쳐진 진기명기!

골프황제에서 골프 신으로 환골탈태하는 놀라운 기예였다.

많은 사람들이 착각을 하지만 어떤 예능프로나 드라마를 찍을 때 안방에서 시청할 때처럼 차근차근 순서대로 촬영되는 것은 결코 아니다.

시나리오와는 상관없이 순서가 많이 바뀌기도 한다.

현재 녹화중인 〈힐링〉도 예정에 없었던 김완의 개인기와 신채린과의 듀엣 노래가 삽입되면서 순서가 많이 바뀌었다.

당연히 녹화 시간도 정신없이 연장이 됐고!

1998년 가수 박정현의 정규 1집 〈피스〉에 실린 곡으로 임재범과 듀엣으로 불러 공전의 히트를 치면서 십 년이 지난 지금까지도 많은 팬들의 사랑을 받고 있는 노래!

〈사랑보다 깊은 상처〉였다.

김완이 조명 때문에 땀이 나는지 재킷을 벗어 건반 위에 올려놓았다.

황연주와 오정희 등 〈힐링〉의 여성 스태프들이 얼굴을 붉혔다.

김완의 조각처럼 잘 발달된 근육이 셔츠 밖으로 튀어나

오며 남성 특유의 섹시함이 한껏 풍겼기 때문이다.

거기에 건반 앞에 앉자 골프 클럽을 잡았을 때와는 또 다른, 잘 가는 아티스트를 보는듯한 매력이 여성들을 사로잡았다.

〈골프황제 김완 편〉이 전국에 방영된 뒤 숙녀복 메이커에서까지 김완을 광고 모델로 잡으려고 달려들었던 그 유명한 자세였다.

"다시 녹화 들어갑니다. 하이, 큐!"

남 차장이 다시 큐 사인을 냈다.

빰·빰·빰—

—오랫동안 기다려 왔어.

내가 원한 너였기에 슬픔을 감추며 널 보내줬었지.

날 속여가면서 잡고 싶었는지 몰라!

인트로, 전주가 끝나자 김완이 미소를 띤 채 건반을 치면서 신채린을 바라보며 노래를 시작했다.

'헤, 좋다! 부드러우면서도 따뜻하고 깨끗한 선배의 저 목소리…….'

"……!"

황연주를 제외한 〈힐링〉의 스태프들이 깜짝 놀랐다.

김완이 서울대 재학 시절 〈서울패〉 33기 출신으로 건반을 맡아 대학가요무대를 제패했다는 사실은 익히 알고 있었지만 노래 솜씨까지 이렇게 굉장할 줄은 몰랐다.

뒤이어, 신채린이 건반 위에 놓인 김완의 재킷을 자연스럽게 집어 들며 한 손으로 김완의 어깨를 짚은 채 노래를 받았다.

작은 움직임 하나에서도 깊은 사랑을 느낄 수 있는 연인들다운 듀엣이었다.

특이하게도 박정현이 맡았던 파트를 김완이 불렀고 임재범이 맡았던 파트를 신채린이 불렀다.

─너의 눈물 속에 내 모습 아직까지 남아 있어.

추억을 버리긴 너무나 아쉬워 난 너를 기억해.

이젠 말할게. 그 오랜 기다림!

"헉!"

이때, 약속이나 한 듯 남 차장을 비롯한 〈힐링〉의 스태프들이 마른 비명을 터뜨렸다.

기(氣)가 막힌다.

〈힐링〉의 스태프들은 이 날 처음 말이 가진 진정한 의미를 깨달았다.

신채린이 김완에 이어 〈사랑보다 깊은 상처〉의 뒷 소절을 부를 때 화려하면서도 차가운 목소리가 순식간에 가슴을 파고들면서 숨을 쉴 수 없었기 때문이다.

남 차장은 〈힐링〉을 시작하기 전에 〈월드 오브 보이스〉라는 음악 프로를 제작할 만큼 가요나 팝송에도 일가견이 있었다.

좋은 음악과 훌륭한 뮤지션을 간단히 구분할 수 있는 실력파 PD 중 하나기도 했다.

오늘 밤에서야 남 차장은 2005년도에 신채린을 처음으로 아카데미 여우주연상 후보에 노미네이트 시켰던 뮤지컬과 판타지가 믹스된 〈오리엔탈 퀸〉이란 영화가 빅히트 친 이유를 명확히 깨달았다.

신채린은 배우가 아니라 가수였다.

그것도 절대음감과 아주 독특한 보이스를 타고 난 선천적인 보컬리스트!

남 차장은 이렇게 단언했다.

김완의 따뜻하면서도 부드러운 목소리와 신채린의 차가우면서도 화려한 목소리가 어우러지며 원곡 가수들인 박정현과 임재범을 능가할 만큼 가공할 매력을 뿜어냈다.

─이젠 모두 떠나갔지만 나에게 넌 남아 있어.

추억에 갇힌 채 울고 있었어.

툭!

김완이 여기까지 노래했을 때 건반 위로 물 한 방울이 떨어졌다.

김완이 움찔하며 고개를 들었다.

투투툭!

건반 위에 떨어지는 것은 물방울이 아니라 신채린의 눈물 방울이었다.

"미, 미안해! 정말 미안해 여보야! 흑흑흑……."

느닷없이 신채린이 김완 앞에서 무릎을 꿇으며 울기 시작했다.

"리, 리나야!"

김완이 당황했다.

"컷! 잠시 쉬었다 가겠습니다."

남 차장이 황급히 녹화를 중지시켰다.

"아가씨―"

거의 동시에 장 부장이 뛰어들며 신채린을 버버리로 감싼 채 라운지 저편으로 데리고 갔다.

"흑흑흑! 미안해."

신채린이 진정이 안 되는 듯 김완에게 꼭 안긴 채 계속해서 흐느꼈다.

"괜찮아, 바보야! 진짜 미안한 사람은 나잖아? 괜찮다니까."

김완이 신채린이 우는 이유를 잘 알고 있는 듯 열심히 달랬다.

신채린은 〈사랑보다 깊은 상처〉를 부르면서 오 년 전 〈영화배우 신채린 자살 미수 사건〉의 트라우마가 떠올라 울컥했던 것이다.

어쨌든, 삼십 분쯤 지난 뒤에 녹화가 재개됐고 김완과 신채린은 자신들의 사연 같은 노래 〈사랑보다 깊은 상처〉를 〈힐링〉 스태프들의 열화와 같은 환호 속에서 끝 마쳤다.

뒤이어 신채린이 김완의 건반에 맞춰 인터넷 사이트 유튜브에서 1억 번 이상의 조회수를 기록하고 있는 〈하늘나라 소녀〉와 〈너와나의 이야기〉를 불러 휘닉스 CC를 간단하게 뒤집었다.

탄력을 받은 인기가수(?) 신채린은 팬들의 폭동에 준하는 성원 속에 앙코르 송으로 90년대 초반 국민히트곡인 김종환의 〈존재의 이유〉를 불러 다시 한 번 팬들을 패닉상태로 몰아넣었다.

어젯밤 8시부터 시작된 〈골프황제 김완 편〉인지 〈세계 최고의 여배우 신채린 편〉인지 모를 애매모호한 〈힐링〉의 녹화는 다음 날 아침 8시까지 이어졌다.

"꺄!"

황연주를 비롯한 모든 사람들은 밤을 꼴딱 새웠지만, 유일하게 코를 골며 자고 있던 사람이 있었으니 정중환이었다.

그를 깨우러 황연주가 휴게실로 들어갔을 때 털투성이 나체를 목격하고 비명을 질렀다.

동시에 남 차장이 녹화 종료를 알렸다.

*   *   *

"어머머머! 저, 저 여자 영화배우 신채린 아냐?"

"꺄약! 맞아 맞아. 신채린, 신채린이야."

"저, 저 사람은 골프황제 김완이잖아?!"

"진짜! 진짜 신채린 하고 김완이야. 신채린 하고 김완!"

황연주는 녹화가 끝났을 때 김완과 약속한 대로 〈힐링〉의 스태프들을 대표해서 안성시에서 가장 유명한 〈전주 콩나물 해장국〉 집으로 안내를 했다.

한 그릇에 2,800원 곱빼기는 3,500원 하는 집이었다.

황연주는 그저 안내만 했다.

밤샘 작업에 지쳐 비몽사몽이어서 해장국집 앞으로 지나

가는 행인 몇몇이 신채린 등을 쳐다보며 소리치는 말은 전혀 듣지 못했다.

정말 눈 깜빡할 순간이었다.

안성 시민의 절반쯤이 〈전주 콩나물 해장국〉집 앞에 몰려 든 것은!

결국, 안성 시민군(?)의 무서운 기세에 밀려 신채린부터 김완까지 마치 해장국 속에 들어간 콩나물처럼 늘어져 수원까지 쫓겨 갔다.

간신히 9시가 넘어 수원시에서 가장 유명하다는 고깃집에 자리를 잡았다.

24시간 영업하는 한우갈비와 등심 전문점이었다.

아침부터 고깃집에 들어간다는 것이 모양이 좀 빠졌지만 어쩔 수 없었다.

신채린 같은 VIP 고객들을 위해 홀을 격리해 놓은 곳은 이곳밖에 없었기 때문이다.

당연히 고기값은 만만찮게 비쌌고!

오전 9시에 먹는 한우 꽃등심의 맛은 어떨까?

꽃 맛일까? 등심 맛일까?

지글지글.

황연주는 꽃등심을 오전 9시에 먹는 것도 처음이었지만 김완과 신채린, 정중환과 함께 식사를 하는 것도 생전 처음이었다.

"술요? 술이 뭐죠?"

홀에서 서빙을 하는 도우미 아가씨가 어떤 술을 원하느냐고 물어왔을 때 지금 신채린처럼 대답하는 말도 처음 들었고!

믿을 수 없게도 김완 등 세 사람은 술을 몰랐다.

술을 말로 퍼먹을 것 같은 정중환조차도 혼자 불판 두 개를 차지한 채 정신없이 고기만 입속으로 실어 날랐을 뿐 술은커녕 음료수조차 먹지 않았다.

황연주에게는 정말 참신한 쇼크였다.

방송사 직원들과 밥을 먹으러 가면 밥보다 술을 먼저 시켰다.

목이 칼칼하대나 어쩐대나.

게다가 김완이 이상한 식사 예법을 선보였다.

그 성실하고 사람 좋은 바른 생활의 사나이 김완이 막상 식사를 할 때는 전혀 다른 사람으로 변했다.

손가락 하나 까딱하지 않았다.

아니, 손가락은 움직였다.

신채린이 한 손에는 가위, 다른 한 손에는 집게를 든 채 땀을 뻘뻘 흘리며 구워놓은 고기를 집어 먹었으니까!

학교 다닐 때도 이랬나?

황연주가 학창 시절의 김완을 열심히 떠올려 봤지만 좀 처럼 기억이 나질 않았다.

황연주는 김완이랑 밥을 먹은 적이 거의 없었다.

날마다 킹콩하고 빵만 먹었지.

골프황제가 되면 저렇게 식사를 하나?

황연주의 눈에 김완이란 사람이 다시 보일 정도였다.

얼마 지나지 않아 황연주는 김완의 시골집에 내려가서 야 손가락 하나 까딱하지 않는 김완의 식사예법이 갓난쟁 이 시절부터 몸에 배인 황제의 버릇이라는 것을 알게 됐 다.

그렇다 보니 백 세가 훨씬 넘으신 할머니가 아예 옆에 앉 아 반찬을 집어주며 시중을 들었던 것이다.

지금 신채린이 젓가락으로 고기를 집어 김완의 입에 넣 어 주듯!

괴상한 식사 예법 하나 더!

이 세기의 커플은 사람은 둘인데 숟가락과 젓가락은 딱 한 벌만 사용했다.

김완이 젓가락을 이용해서 고기를 집어 먹고 젓가락을 놓으면 신채린이 그 젓가락으로 다시 고기를 뒤집거나 뭔 가를 먹고 신채린이 숟가락으로 밥을 먹다가 놓으면 김완 이 그 숟가락으로 다시 국을 먹고… 뭐, 이런 식이었다.

놀랍게도 이 요상한 동작은 오래전부터 연습한 듯 부드러웠고 톱니바퀴가 딱딱 맞물려 돌아가는 것처럼 아주 자연스러웠다.

이를 지켜보는 황연주와 스태프들은 진짜 멘탈이 붕괴됐다.

아무리 가까운 연인들도 숟가락과 젓가락을 한 벌만 사용하지는 않는다.

분명히 이 커플은 둘 중 하나였다.

신채린이 말한 것처럼 천 년 전부터 부부였거나 지적장애 1급 커플!

그리고 마지막 하나 더!

"킹콩 아빠는 졸라 재수없을 때가 있어."

"큭큭! 하하하!"

이랬다.

신기하게도 세 사람이 식사를 할 때 말을 가장 많이 하는 사람이 신채린이라는 사실이었다. 말투까지 싹 바뀌었고!

"킹콩이 찌질이일 때 노가다 알바 좀 했다고 한국건설을 맡으라는 거야, 뭐야?"

"글쎄 말이다. 당장 이라크로 날아가라더라."

"더욱이 이라크면 전쟁이 끝난 지 얼마 안돼서 드럽게 복잡할 텐데 왕초보를 보내?"

"큭큭! 내가 군에서 대테러 책임자로 있었으니까 경비대장으로 보내시는 거겠지."

"……?"

황연주의 눈이 좁혀졌다.

신채린의 바뀐 말투나 쏟아지는 말들이 쉽게 적응이 되지 않았기 때문이다.

한국건설은 대한민국 재계 서열 이 위인 한국그룹의 모기업으로 일군 건설회사 중에서도 선두를 다투는 세계적인 초우량 기업이었다.

한데, 지금 신채린은 정중환이 마치 한국건설의 오너를 맡을 것처럼 말하지 않는가?

"차라리 아빠한테 한국 스포츠를 달라 해! 킹콩은 웬만한 국대 출신 선수들은 다 알잖아? 마케팅 쪽에서 충분히 쨉이 돼."

'한국건설? 아빠? 한국 스포츠?'

황연주는 신채린의 애기를 들을수록 점점 더 머리가 어지러워졌다.

국대 출신이란 국가대표출신의 줄임말이었다.

"그쪽은 임자가 있단다."

"그럼 종쳐! 말도 안 되는 건설은 나중에 건설하고 차라리 우리 SK1을 맡아."

"큭큭! 대장한테 직접 말해. 울 대장은 네 말이라면 깜빡 죽잖아?"

"알았어! 이 누나가 해결할게. 지금 찍는 〈서울 그리고 도쿄〉는 보름이면 쫑 나. 사나흘쯤 스케줄이 비니까 그때 정 회장님 쫓아가서 기냥 콱콱!"

"하하하! 큭큭큭!"

신채린이 가위를 째깍거리며 의미심장하게 말하자 정중환과 김완이 뒤집어졌다.

'뭐, 뭐야, 뭐야?! 이 킹콩… 정체가 재벌 이세였던 거야?'

황연주는 웃음이 나오기보다 심장이 튀어 나올 뻔했다.

저어어짝 어디 아랫녘 출신으로 가난한 집안 환경 때문에 레슬링을 시작한 선수.

집안 형편이 워낙 어려워 빵 하나 우유 한 병 제대로 먹을 수 없었고!

황연주는 지금까지 정중환을 그렇게 생각해 왔다.

한데, 지금 신채린의 입에서 밝혀진 정중환의 정체는 황연주의 생각과는 지구에서 화성만큼이나 거리가 있었다.

'뿌우— 내가 거둬 먹인 킹콩이 거시기가 찢어지게 가난한 집안의 아들이 아니라 재벌 이세였다? 그것도 한국그룹

정영구 회장의 아들?!'

황연주는 좀처럼 믿어지지 않았다.

황연주가 목격했던 재벌이세들은 꽤 지적이고 세련된 남자들이었기에 남산만한 덩치의 레슬링 선수와는 전혀 조합이 이뤄지지 않았기 때문이다.

'한데 SK1은 또 뭐야? 뭔데 킹콩오빠에게 맡으라는 거지? 아! 그래, 신채린 신배와 김완 선배가 대주주로 있다는 그 잘나가는 연예기획회사(주) SK1 엔터테인먼트!'

(주)SK1은 코스닥에 상장된 회사로서 우리나라의 연예기획회사 중에 넘버 투였다.

신채린과 김완을 간판으로 하는 특급스타들과 일급 영화배우와 탤런트들이 무려 사십여 명이 소속돼 있었고, 그 유명한 아이돌 그룹 〈타이푼〉과 〈아가씨들〉을 비롯한 오십여 명의 톱 가수들이 활동하고 있는 빵빵한 회사였다.

김완과 신채란은 (주)SK1의 이대주주로써 신채린이 대표이사 겸 회장 김완이 전무이사를 맡고 있었다.

황연주는 이제야 사람들이 김완을 김 전무라고 부르는 이유를 깨달았다.

'……!'

더불어 머릿속에서 스파크가 튀었다.

김완, 신채린, 정중환.

이들은 더 이상 황연주가 기억하고 있던 대학 시절의 선배들이 아니었다.

빵순이 황연주가 대한방송사 DBS의 PD로 변신했듯 이들도 단순한 골프선수나 연예인을 넘어 어떤 조직의 전무니 회장이니 하는 CEO로 변해 있었던 것이다.

아까부터 휴대폰을 든 채 신채린의 눈치를 살피던 장옥희 부장이 조심스럽게 다가왔다.

"저기… 아가씨!"

"받아, 리나야!"

김완이 장 부장에게 휴대폰을 받아 열심히 고기를 굽는 신채린에게 건넸다.

"아이, 귀찮게……. 누구야?"

"그룹 총괄 부회장님이십니다."

"큰오빠가?"

장 부장이 공손하게 대답하자 신채린이 얼굴을 찌푸렸다.

바쁘다고 하지 그랬냐는 뜻이었다.

"동경에 계실 때도 여러 번 전화를 하셨습니다."

장 부장이 겸연쩍은 얼굴로 변명 아닌 변명을 했다.

"네! 채린이에요."

신채린이 이름을 밝힌 후 일체 대꾸를 하지 않은 채 휴대폰을 귀에 대고 있었다.

"네! 알겠습니다."

신채린이 오 분 통화를 하는 동안 딱 두 마디만 하고 휴대폰을 끊었다.

황연주가 알고 있는 신채린은 원래 이런 성격이었다.

전혀 말이 없는!

한데, 지금처럼 김완이나 정중환과 같이 있을 때는 완전히 달랐다.

아예 다른 사람처럼 말투조차 바뀌어 조잘조잘 숨조차 쉬지 않고 수다를 떨었다.

신채린은 이 세상에서 딱 두 사람만 신뢰했다.

김완과 정중환.

"저어기… 자기야."

"왜? 부회장님께서 나를 보자고 하셔?

신채린이 눈치를 보며 어렵게 말을 꺼내자 김완이 예의 사람좋은 미소를 띠며 물었다

"그, 그게 신우그룹 이미지 CF를 찍었으면 하시는데……. 일 년 단발 계약으로 하고 50에서 100까지 주시겠대!"

"더블 컨셉이야? 리나랑 같이!"

"응!"

"하고 싶어?"

"그러어엄— 자기랑 같이 일한다는 게 넘 좋아! 훗날 우리가 이 세상에 없어도 그 필름은 영원히 남을 거 아냐?"

"그럼 하자."

"진짜?"

"그래!"

"큰할머님……. 화내실 텐데?"

"많이 풀리셨어. 광고 정도는 이해해 주실 거야."

김완이 미소를 띠며 장 부장을 쳐다봤다.

"석 팀장님과 상의해서 스케줄 잡아보세요, 장 부장님!"

"네네! 전무님."

김완이 흔쾌히 승락하자 장 부장이 활짝 웃으며 공손히 허리를 접은 후 몸을 돌렸다.

"후우! 여보야— 이 고기 좀 먹어봐. 굉장히 연하고 고소해!"

"응!"

신채린이 기분이 너무 좋은 듯 예의 코맹맹이 목소리가 다시 튀어 나왔다.

황연주는 또 너무 놀랐고!

신채린의 큰오빠인 신우그룹 총괄부회장이 김완과 신채

린에게 CF 출연료로 50에서 100을 주겠다는 말은 50원이나 100원이 아니었다.

그렇다고 50만 원이나 100만 원을 주겠다는 말도 아니었다.

50억에서 100억을 지불하겠다는 뜻이었다.

광고계에서 골프황제 김완의 몸값은 최하 50억 원이었다.

후우우—

황연주가 길게 한숨을 쉬며 고개를 흔들었다.

바로 이것이 보통 사람들은 상상조차 못하는 세계적인 스타들의 몸값이다.

언젠가 영국의 아델이라는 유명한 가수가 어떤 공연 요청에 1분에 10만 파운드, 25분 공연에 250만 파운드, 한화로 42억 원이 넘는 개런티를 요구해 화제가 된 적이 있었다.

그에 비하면 아델보다 인지도가 훨씬 높은 김완이나 신채린이 일 년짜리 CF를 찍으면서 50억 원을 받는 것은 약간 싼 맛이 있었다.

띵똥띵똥!

그때 황연주의 휴대폰이 울렸다.

"잠시 전화 좀 받고 오겠습니다."

황연주가 황급히 휴대폰을 들고 밖으로 나갔다가 들어왔다.

"저어 선배님! 본사 총무국인데요. 두 분 출연료 쏴드린다고 계좌번호 좀 가르쳐 달라고 하네요."

황연주가 겸연쩍게 웃으며 말했다.

김완이 슬쩍 신채린을 바라봤다.

"응!"

신채린이 김완을 뜻을 눈치챈 듯 미소를 띠며 짧게 대답했다.

"우리 출연료는 연주가 보관하고 있다가 방송사에서 독거노인이나 결식아동 돕기 같은 모금 운동할 때 보내줘!"

"헤헤, 고맙습니다."

황연주가 신이 나서 고개를 깊숙이 숙인 후 잽싸게 몸을 돌렸다.

그런데…….

"자기야… 왜 자꾸 PD님 이름을 불러? 말도 너무 짧은 거 아냐?"

휘청!

조심스럽게 내뱉는 신채린의 말에 황연주가 쇠망치로 맞은 충격을 느끼며 몸을 비틀거렸다.

"큭큭큭! 하하하!"

정중환과 김완은 뒤집어졌고!

신채린은 아직도 황연주가 자신의 대학교 후배라는 사실을 모르고 있었다.

"큭큭! 봐 임마? 밤새 너랑 작업한 채린이는 아직도 니가 빵순이라는 걸 모르잖아? 난 양호한 편이라고."

"시정하겠습니다. 제 존재감이 거의 투명인간이었네요."

정중환이 신이 나서 말하자 황연주가 입이 튀어나온 채 걸어 나갔다.

"리나, 너 연주 몰라? 영문과 황연주?"

"옛날에 너네 동아리방에서 나랑 하루 종일 빵을 먹었던 빵순이!"

"뭐?! 쟤, 쟤가 연주였어?! 그 통통하고 귀엽고 예쁘던 애!"

"켁!"

나직이 들려오는 신채린의 목소리에 이번엔 황연주의 입이 튀어나오다 못해 터졌다.

그 통통하고 귀엽고 예쁘던 애?

아주 묘한 과거형이네.

지금은? 그 귀엽고 예쁘던 애가 아니란 말씀!

'흥! 자기가 좀 예쁘다고 저런 말을 함부로 뱉어도 되는 거야?

황연주가 신경질적으로 휴대폰 번호를 눌렀다.

김완 씨 출연료 1억 원.

신채린 씨 출연료 3억 5천만 원을 입금했습니다.

확인하시기 바랍니다.

황연주가 통화를 하자마자 황연주의 휴대폰에 문자 메시지가 떴다.

"김.완. 씨. 출.연.료. 1.억 원."

"신.채.린. 씨. 출.연.료. 3.억. 5.천.만. 원."

황연주가 휴대폰에 기록된 문자를 받침 하나하나를 외우듯 다시 읽었다.

덜컥!

그리고 쉽게 턱이 빠진 듯 다물어질 생각을 하지 않았다.

어쨌거나 빠진 황연주의 턱은 한 시간쯤 뒤에 등심값을 계산할 때 다시 제자리를 잡았다.

네 명이 겨우 한 시간 동안 먹은 한우 꽃등심이 무려 이십삼 인분.

밤새 뺑이친 세 사람은 고작 삼 인분.

밤새 늘어지게 잔 짐승은 이십 인분.

학교 다닐 때는 빵순이.
졸업한 뒤에는 등심이.
황연주의 팔자였다.

9장

지옥갱에서 내려온 사람들

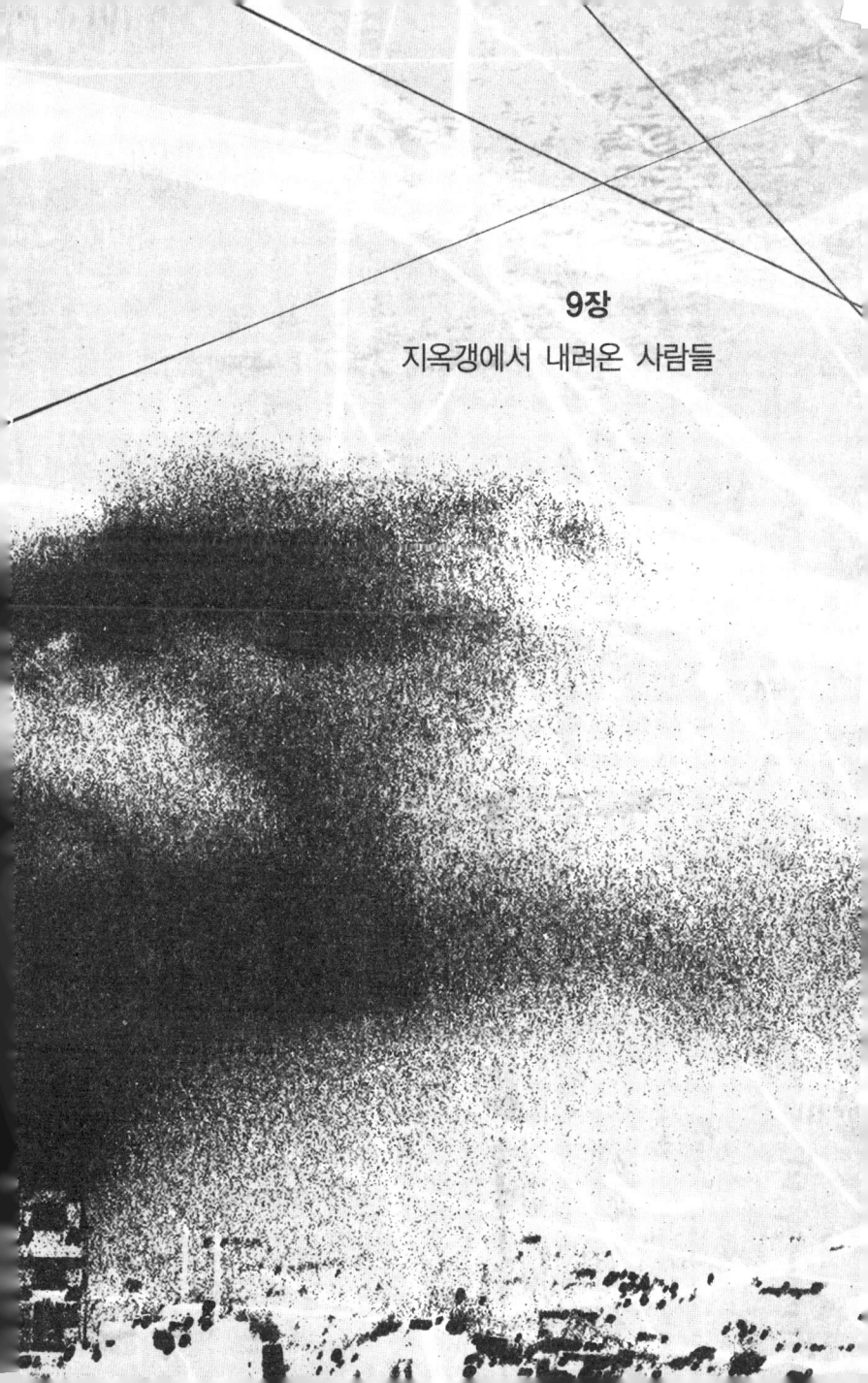

세계유일의
남자

구구구구궁!

정중환이 덤프트럭만큼이나 큰 모터사이클에 황연주를
태운 채 수원에서 서울로 향하는 1번 국도를 무섭게 질주했
다.

"끼약—"

황연주가 환호성을 터뜨렸다.

"아후후후! 완전 스트레스 박멸이다. 내장까지 시원해
져!"

지금 모터사이클 삼 년 타서 병신 안 되면 그것도 병신이

라는 속언을 굳이 황연주에게 얘기해 줄 필요는 없었다.

잠시 후면 느끼게 될 테니까!

힐끔!

한순간 정중환이 이십 미터쯤 앞에 가는 고급 승용차를 쳐다봤다.

최신형 일본제 승용차 혼다 어코드였다.

부우우웅!

막 어코드가 우회전을 하며 샛길로 들어섰다.

찰나 정중환이 모터사이클의 엑셀을 힘껏 밟았다.

끼이이이익!

모터사이클이 어코드를 추월하면서 그대로 방향을 돌려 앞을 막았다.

"악!"

끼이익!

황연주가 입을 딱 벌리며 비명을 토할 때 어코드가 급브레이크를 잡았다.

정중환이 큼직한 야전도끼를 집어 들며 묵직하게 모터사이클에서 내렸다.

저벅저벅!

정중환이 야전도끼를 든 채 어코드를 향해 다가갈 때 뒷좌석에서 스포츠형 머리의 중년 사내 두 명이 인상을 쓰며 내렸다.

정중환이 기다렸다는 듯 큰 수박만한 주먹을 휘둘러 두 명의 사내들을 날려 버렸다.

쾅쾅!

동시에 야전 도끼가 어코드의 앞 유리창을 찍었다.

"크아아악!"

어코드에서 비명이 터졌다.

뒤이어 정중환이 야전도끼를 허리춤에 차며 어코드의 보디를 양손으로 잡았다.

끄응―

묵직한 기합과 함께 힘을 썼다.

으와아악! 꽈다다당!

비명소리와 함께 어코드가 장난감 자동차처럼 힘없이 뒤집혔다.

쫘아악!

이어 정중환이 사내들의 재킷을 찢었다.

사내들의 가슴에는 벚꽃이 활짝 피어 있는 나무 아래 칼을 입에 문 호랑이가 앉아 있는 문신이 새겨져 있었다.

"야쿠자였군!"

정중환이 무표정한 얼굴로 내려다보며 말했다.

"야쿠자든 마피아든 좋아. 다시 꼬리를 붙으면 그땐… 대갈통을 깨버리겠다."

"으으—"

사내들이 신음을 토하며 연신 머리를 주억거렸다.

구구구궁!

정중환이 너무 놀라 거의 눈사람으로 변한 황연주를 모터사이클에 매단 채 바람처럼 사라졌다.

부우우웅!

기름 먹는 하마.

세칭 연예인 차라고 불리는 미국제 11인승 밴 승용차 베이지색 스타크래프트 한 대가 한적한 경수산업도로 위를 달렸다.

문득, 차체에 이상이 생긴 듯 스타크래프트가 속도를 줄이며 갓길로 방향을 틀었다.

스타크래프트가 멈추고 검은 안경을 쓴 중년 여성과 늘씬한 이십대 아가씨 세 명이 짜증을 내며 분분히 내렸다.

중년 여성과 이십대 아가씨들이 삼십 미터쯤 뒤에 쫓아오는 대형 은회색 SUV승용차를 향해 손을 흔들었다.

승용차가 고장났으니 도와달라는 신호였다.

끽!

"무슨 일이요?"

SUV승용차가 멈추고 운전석 쪽 문이 열리며 스포츠형 머리의 삼십대 사내가 고개를 내밀고 물었다.

슉…….

찰나 중년 여성의 입에서 가느다란 바늘 하나가 뿜어져 나오며 사내의 미간에 박혔다.

사내가 비명조차 지르지 못한 채 열린 차창에 머리를 기대며 허수아비처럼 쓰러졌다.

처처척!

다시 찰나, SUV승용차 문이 사방에서 일제히 열리며 네 명의 사내들이 튀어나왔다.

슈슈슉슉!

동시에 SUV승용차를 포위하고 있던 아가씨들의 입에서 수십 개의 바늘들이 쏟아지며 사내들의 이마에 박혔다.

설침술(舌針術)!

고대 중국의 궁중에서 주로 황후나 공주를 호위하는 궁녀들이 사용하던 무술로써 혀 밑에 바늘을 감췄다가 비상시에 급소를 요격하는 무술이었다.

일종의 암기술로 오늘날에는 구경조차 하기 힘든 비기였다.

중년 여성이 천천히 안경을 벗었다.

눈동자에 흰자위가 없는 여자.

신채린의 매니저 장옥희 부장이었다.

부욱!

장 부장이 사내들의 재킷을 찢었다.

하나같이 벚꽃나무 아래 칼을 문 호랑이가 앉아 있는 문신이 새겨져 있었다.

"야쿠자 놈들……."

장 부장이 보일 듯 말 듯한 미소를 띠며 몸을 돌렸다.

"깨끗하게 처리해."

"옛!"

장 부장이 짧게 명령을 내리고 밴 승용차를 향해 걸어갔다.

앵앵앵!

어디선가 사이렌 소리가 요란하게 들려왔다.

비틀비틀!

운전사가 낮술을 먹었는지 검은 승용차 한 대가 금방이라도 쓰러질듯 비틀거리며 한적한 이차선 도로 위를 달려갔다.

툭툭툭.

운전사는 술을 먹은 것이 아니라 피를 먹고 있었다.

목에서 흐르는 피가 흰 셔츠와 재킷을 온통 붉게 물들

였다.

"끅끅끅!"

신음인지 비명인지 모를 괴성을 토하는 운전사의 목에는 가느다란 철사 한 가닥이 깊게 파고들고 있었고, 철사가 파고들면서 베어진 상처에서 시뻘건 피가 쏟아졌다.

"대답할 준비가 됐나?"

"껵껵껵!"

뒷좌석에서 사이한 음성이 들리자 얼굴이 허옇게 변한 운전사가 고개를 주억거렸다.

승용차 뒷좌석에 앉아 가느다란 철사로 운전사의 목을 조르는 남자.

얼굴 없는 사내, 김완의 매니저인 석 팀장이었다.

"대답을 안 해도 좋고 거짓말을 해도 좋다. 대신 넌 일분 뒤에 네 무릎 위에 떨어진 네 목을 보게 될 거다."

"끅……. 저, 절대… 끅끅……."

"딱 두 가지만 묻겠다. 넌 누구냐? 누굴 미행했나?"

"오오사카 구미의 행동대원… 야마모토 다스히로…….
김완 선수를……."

"고맙다. 다음에 또 나를 만나며 지옥을 보게 될 거다."

"컥!"

석 팀장이 힘을 빼자 운전사가 비명을 토하며 머리를 운전대에 처박았다.

꿍음과 함께 승용차가 갓길에 서 있는 가로수를 들이받으며 멈췄다.

"어떻게 너희들 차에 잠입했냐고 묻지는 마라. 그림자 속에 숨는 무영술(無影術)을 설명하려면 꽤 복잡해."

석 팀장이 차에서 내리며 한마디 뱉었다.

스르르릉!

그때, 벤츠 한 대가 석 팀장 옆에 미끄러지듯 멈췄다.

석 팀장이 조수석에 올랐다.

"저 놈들도 역시 오오사카 구미의 조직원들이었습니다."

"같은 야쿠자 조직원이라구요?"

김완이 벤츠 뒷좌석에 앉아 얼굴을 찌푸린 채 말을 받았다.

"예! 전무님. 정공과 장 부장이 확인했듯 놈들의 가슴에 오오사카 구미를 상징하는 문신이 새겨져 있었습니다."

"이상하네? 석 팀장님도 아시다시피 난 일본 야쿠자들과는 전혀 인연이 없어요. 야쿠자 조직원들과 라면 내기 골프조차 친 적이 없는데 오오사카 구미라는 이름도 생전 처음 듣고! 왜 나를 미행했을까요?"

"즉시 일본에 계신 김 여사님께 아이들을 보내겠습니다."

"그래요. 이번 건은 석 팀장님이 알아서 처리하세요. 장 부장님에게도 주의를 주시고! 리나와 관계된 일일 수도 있으니까요."

"예, 전무님!"

"흐음! 도무지 이해가 안돼요. 내가 JPGA에서 활동할 때도 이런 일이 없었잖아요? 게다가 여기는 일본이 아니라 한국. 야쿠자들이 설칠 수 있는 나라가 아니에요."

"신경 쓰지 마십시오. 늦어도 이틀 후에는 모든 게 밝혀질 겁니다."

"알았어요. 일단 서울로 가죠!"

"옛! 전무님."

석 팀장 옆에서 핸들을 잡은 운전기사가 씩씩하게 대답했다.

부우우웅!

김완을 태운 벤츠600이 묵직하게 신갈 인터체인지를 빠져나왔다.

'뭐지? 일본 야쿠자 조직원들이 나를……? 벌써 냄새를 맡았나, 겨우 이부 능선에 올라왔을 뿐인데? 아니야. 뭔가 다른 건으로 얽힌 게 분명해.'

김완이 자동차 등받이에 깊숙이 몸을 묻은 채 골똘히 생각에 잠겼다.

10장

대통령 딸과 밤의 대통령

서울대학교 의과대학을 졸업하고 서울대학교 의과대학 교수 겸 서울대학교 병원의 의사가 된다는 것!

　　많은 젊은이들의 로망이다.

　　이 로망을 이루기 위해서는 얼마의 시간이 필요할까?

　　일단 중고등학교 때 밤을 낮 삼아 열심히 공부를 해서 서울대학교 의과대학에 입학했다고 치자!

　　그 기쁨은 의과대학에 합격했다는 합격증을 받고 입학식을 마칠 때까지 아주 잠시뿐이다. 수험생 시절이 행복했다는 입시의 추억이 생각날 만큼 살벌한 공부 지옥이 아주 가까이에서 입을 쩍 벌리고 기다리고 있기 때문이다.

의학이라는 인간의 생명을 다루는 학문을 배우는 특성상 엄청난 양의 공부와 실습에 매달리고 끝없이 반복되는 쪽지시험을 시작으로 갖가지 시험에 시달려야만 했다.

그렇게 계속되는 공부와 시험 속에서 예과 2년과 본과 4년을 마치고 졸업을 한 뒤, 소위 '국시'라는 한국의사면 허시험에 합격해 면허를 취득하면 정식 의사가 된다.

이번에도 역시 기쁨은 아주 잠시 뿐이다.

아니, 진짜 고생은 지금부터다.

물론 의사 면허를 취득했기에 병원을 개원할 수 도 있고 대학원에 진학하거나 군의관이나 공중보건의로 가는 등 여러 가지 길이 있다.

하지만, 병원을 개원하는 데 드는 돈이 어디 한두 푼인 가?

또 세상은 학교라는 온실 속에서 자란 경험없는 햇병아리 의사들을 인정해줄 만큼 녹록지가 않다.

결국 대부분의 왕초보 의사들은 선배들이 걸어갔던 그 길을 가게 된다.

동기생들과 치열한 경쟁을 통해 대학병원 같은 종합병원에 일반인들에게는 인턴이란 단어로 잘 알려진 전공의로 취업을 해 1년 동안 내과, 외과, 안과 등 각 과를 돌면서 진짜 환자들을 보살피며 열심히 의술을 연마한다.

천신만고 끝에 인턴 과정을 끝내면 다시 레지던트.

내과, 외과 등 어떤 한 과를 택해 본격적으로 연수를 하는 수련의 과정이 기다리고 있다.

레지던트 과정은 몇몇 과를 제외하고는 모두 4년이다.

레지던트 과정이 끝나면 누구나 의사라고 인정을 해주는 전문의가 된다.

이때까지 걸리는 시간이 남자는 의대 6년, 인턴 1년, 레지던트 4년, 군의관 3년, 합이 14년, 여자는 11년이다.

시간만 따졌을 때 그렇다는 말이다.

의대에 재학 시절에는 정신없이 공부에 매달려야 하고, 인턴 시절에는 하루 20시간씩 일주일에 140시간을 근무해야 하며, 레지던트 시절에는 하루에도 몇 번씩 병원에서 도망칠 생각을 하고 우울증에 시달리며 자살을 결심한다는 사실!

이 믿기 힘든 현실은 제외했다.

─TO. 내가 사랑하다 뒈질 김완!

귀국했다고 난리더라.

내일 오전 8시부터 오후 8시까지 무려 한 달 만에 돌아오는 골드 오프야.

내일 오후 1시까지 우리 병원 직원식당으로 와.

혹시 식당에서 나를 못 만나면 우리 병원 영안실로 오고!

영안실에도 없으면 벽제 화장터에 가서 찾아봐.

나… 이런 식으로 계속 혹사를 당하면 인턴을 채 끝내지도 못하고 한 많은 이 세상을 하직 할 것 같은 예감이 든다.

죽기 전에 그 잘난 고추나 한번 만져 보자.

전화를 열 번이나 때렸는데도 받지 않는 황제의 얼굴도 쫌 보고…….

FROM 서울대학교병원 외과병동에서 X빵이 치는 예원.

PS1: 내일 나 보러 오지 않으면 골프황제 김완이 옛날 옛적에 알코올에 맛이 가서 신림동 어떤 여관으로 순진하고 착한 여학생을 납치해 뽀뽀를 하고 가슴과 거시기를 마구 더듬었다는 사실을 전 세계에 까발릴 거야.

PS2: 니가 죽고 못사는 채린이에게도 깨알처럼 적어 이메일로 쏴줄 거구. 아 또 열 받네. 왜 난 채린이 얘기만 나오면 빡이 열릴까?

PS3: 올 때 괜찮은 선물 하나 사와.

내일은 일 년에 딱 한 번뿐인 내 생일이야.

지난 2월 1일 서울대학교병원의 인턴으로 발령받아 현재 외과 병동에서 일주일에 무려 130시간 이상을 근무하는 박예원이 어제 밤 기숙사에서 TV에 나오는 김완의 소식을 듣고 날린 메시지였다.

터프한 성격의 박예원은 김완과 서울대학교 03학번 동기였다.

〈서울 패〉 회원 중에 가장 희귀한 의대 출신이었고!

정오가 막 지났을 때 박예원이 서울대병원 내에 점잖게 자리 잡고 계신 지석영 선생 동상 옆의 벤치에 앉아 연신 시계를 쳐다봤다.

뜻밖에도 박예원은 날마다 20시간 이상을 걸치고 있던 서울대병원 의사 신분증이 매달린 가운 대신 화려한 주황색 재킷을 입고 있었다.

거기에 옅은 화장을 하고 안경 대신 푸른색이 감도는 렌즈를 착용해 지나가는 동료들조차 박예원이 맞는지 다시 쳐다 볼 정도였다.

확실히 여자의 변신은 무서웠다.

늘 수면부족에 시달리고 밥 한 끼 제때에 먹지 못하고 햇빛조차 제대로 보지 못해, 내일 모레면 관 속으로 들어갈 과격한 성질의 좀비가 돼 가던 서울대병원 인턴 박예원이 꾀죄죄한 가운을 벗고 화려한 재킷으로 갈아입자 전혀 다른 여자가 돼 있었다.

신채린처럼 현기증이 날 만큼 이쁘거나 황연주 같은 귀

여운 이미지는 아니었지만 어딘지 모르게 귀티가 풍겼다.

특히 초롱초롱 빛나는 두 눈은 밤하늘의 샛별만큼이나 매력적이었다.

척!

박예원의 의대 동기이자 둘도 없는 친구로서 현재 서울대병원 안과에서 인턴 과정을 수료하고 있는 서민희가 의사 신분증이 달려 있는 흰 가운을 걸친 채 우유와 커피가 섞인 카페라테 잔을 내밀었다.

"킥킥! 남자가 좋긴 좋은가보다. 화장을 하느니 화장을 당하겠다고 떠들어 댈 때는 언제고 내 립글로스까지 훔쳐 발랐네!"

"바보야! 아무리 대학병원의 중죄수인 인턴이라도 그렇지 간만에 남자를 만나는데 소독약 냄새를 풀풀 풍길 수야 없잖아."

"통화는 한 거야? 완이가 정말 온대?"

서민희가 카페라테 잔에 빨대를 꽂으며 말했다

"몰라! 그냥 문자만 날렸어."

박예원이 자신의 스마트 폰을 서민희에게 던졌다.

"야야야, 박예원! 이거 완전 생구라잖아? 완이가 언제 널 여관으로 납치했어? 니가 취한 척하면서 완이를 끌고 갔지!"

서민희가 박예원이 김완에게 날린 문자를 보면서 말했다.

"서민희! 너 인턴 생활 몇 달하더니 완전 미달이 됐다. 세상에 진실은 얼마든지 왜곡될 수 있는 거야. 그렇게 협박을 해야 녀석이 오지?"

"킥킥킥……. 말 된다. 근데 말 나온 김에 하나 물어보자. 너 그날 진짜 뽀뽀만 했던 거야? 다른 일은 없었어?"

"있었어!"

"저, 정말?!"

"그래! 완이 녀석 거기 참, 완전 커! 우리가 해부학 실습시간에 봤던 남성 실습기재들 정도는 게임도 안 돼. 거의 말하고 비슷하더라구. 아파서 뒈지는 줄 알았다니까!"

"박예원! 너 지금 그걸 유머라고 하는거냐?"

"맹추야 유머가 아니라 사실이야. 진짜이라고!"

"좋아! 일단 네가 노(No)처녀라고 치자. 근데 이거 어제 밤에, 아니, 오늘 새벽에 쏜 문자잖아?"

"와이? 골프황제는 제 애인 볼 시간도 없대?"

"푸훗―"

박예원이 애인이라는 말을 입에 담자 서민희가 마시던 카페라떼를 그대로 내뿜었다.

"애인? 애인이라구? 채린이가 들으면 질레트 메스 들고 쫓아오겠다."

서민희가 휴지로 카페라테가 묻은 입술을 훔치며 주먹을 흔들었다.

"박예원! 내가 충고하는데……."

"됐어. 완이한테 미련 버리라는 네 충고를 무려 칠 년 동안이나 들었어. 하지만 난 죽어도 미련을 버리지 못하겠어."

"그래! 칠 년 동안이나 잔소리를 했으니까 딱 한 번 더할게. 완이한테 미련을 버려! 완이는 옛날이나 지금이나 채린이뿐이야. 누구보다 네가 제일 잘 알잖아? 게다가 완이는 이제……."

"돈을 트럭으로 실어 나르는 세계 골프의 황제. 계집애들이 서울에서 미국까지 줄을 섰다?"

"당빠야! 너두 그 계집애들 중에 하나구."

"굿! 그럼 이렇게 하자 서민희. 녀석이 잠시 후에 식당에 나타나면 칠 년 전부터 계속되는 네 잔소리를 오늘로써 땡해!"

"안 오면?"

"다음 달에 남자 하나 소개시켜 줘. 처녀귀신으로 살고 싶지 않으니까!"

"콜!"

"어떤 녀석이 병원까지 온다는 거니? 네 주제에 남자 친구일리는 없고 택배 아저씨냐?"

박예원과 서민희가 대화를 나눌 때 뒤에서 중년 여성의 인자한 음성이 들렸다.

"어, 엄마?!"

"어머님 오셨어요!"

박예원과 서민희가 화들짝 놀라 일어서며 분분히 인사를 했다.

베이지색 정장을 걸친 아주 후덕한 인상의 오십대 여인.

박예원의 엄마인 오금숙 여사였다.

"아, 아니! 엄마가 우리 병원까지 웬일이야. 전화도 없이?"

"애미가 딸한테 오는데 보고하고 와야 되는 거니?"

"그게 아니라 오늘 나 근무하고 있었으면 어떻게 할 뻔했냐구."

"행정실장님이 네 근무 스케줄 보내주셨다."

"힉! 갑자기 누가 내 목을 조르는 기분이네."

"닥터라는 계집애가 말 하는 폼새 하고는……. 식당으로 가!"

"식당으로 가자고 왜?"

"찰밥하고 미역국 가지고 왔다. 떡도 좀 싸왔고! 생일날인데 미역국이라도 먹어야지, 지지배야. 아무리 시집살이보다 더 힘든 병원 인턴 근무라 해도 지 생일날까지 굶으면서 일할 순 없잖아?"

"역시 우리 어머님이 최고야!"

"호호호! 그래 민희도 많이 먹어라. 병원 식구들 모두 먹을 만큼 넉넉히 싸왔다."

"저, 저기 엄마 나 사람 기다리거든. 정말 죄송한데……."

박예원이 당황하며 말꼬리를 흐렸다.

"직원 식당으로 내려와. 가자, 최 비서!"

"네! 여사님."

오금숙 여사가 박예원의 말을 가차없이 씹으며 서너 걸음 뒤에 서 있던 이십대 여성과 함께 몸을 돌렸다.

그 순간, 양복을 걸친 건장한 네 명의 사내가 묵직하게 뒤를 따랐다.

"어후―"

박예원이 최 비사와 함께 건장한 사내들의 경호를 받으며 서울대병원 본원 건물 쪽으로 걸어가는 오금숙 여사를 쳐다보며 한숨을 길게 내쉬었다.

"이 일을 어쩌면 좋으냐, 민희야?"

"어쩔 수 없지 뭐. 완이가 진짜 오게 되면 솔직히 말씀드려. 남자 친구라고!"

박예원이 당혹한 표정으로 물어오자 서민희가 묘한 미소와 함께 대답했다.

"진짜 오게 되면? 야, 서민희! 녀석은 정말 온다니까?"

"그래! 와! 온다구 누가 안 온대!"

"아익, 짜증! 왜 내가 남자 얘기를 하면 친구년이나 엄마까지 믿지를 않지?"

박예원이 연신 투덜대며 서민희와 함께 오금숙 여사 뒤를 따라갔다.

오금숙 여사.

사실, 이 오십대 중년 여성이 우리나라 최고의 권력자인지도 모른다.

박두성 현 대한민국 대통령.

바로 그 박 대통령의 부인이었다.

박예원은 대통령의 셋째 딸이었고!

"생일 축하합니다. 생일 축하합니다. 사랑하는 우리는 박 선생님! 생일 축하합니다."

짝짝짝!

직원 식당의 한구석에서 박수 소리와 함께 생일축하 노래가 울려 퍼졌다.

박예원의 인턴 동기들과 외과병동의 간호사 등 병원 직원들 이십여 명이 큼직한 케이크와 떡들을 앞에 놓은 채 모여 앉아 있었다.

당연히 엄마이자 영부인인 오금숙 여사와 친구인 서민희도 끼었고!

최 비서와 경호원들은 십여 미터쯤 떨어진 곳에서 눈을 빛내고 있었다.

하얀 가운을 걸친 병원 직원들이 득실대는 직원식당에서 깔끔한 양복을 걸친 경호원들이 우뚝 서 있는 풍경이 꽤나 생뚱맞았지만 병원 직원들은 이미 익숙한 듯 그리 신경 쓰는 눈치가 아니었다.

박예원이 인턴으로 발령받아 병원에 첫 출근할 때부터 여러 번 겪었기 때문이다.

지금은 서울대병원 직원들 전부가 박예원이 대통령 영애라는 것을 잘 알고 있었다.

"후—"

박예원이 오늘이 생일날이 아니라 초상날인 것처럼 오만상을 찌푸리며 촛불을 껐다.

박예원이 그 많은 장소들을 제쳐두고 하필 이 서울대 병원 직원식당으로 김완을 초대한 것은 나름 몇 가지 노림수가 있었다.

첫째는 대통령 딸씩이나 되는 자신을 남친 하나 없는 불쌍한 인턴으로 보는 병원 직원들의 동정 어린 시선을 차단하기 위해서였다.

둘째는 김완을 공개된 장소에 선보임으로써 슬쩍 공식적인 애인으로 만들려는 의도였다. 한데 세상 일이 늘 계획대로 되지 않는 것처럼 뜻밖에도 엄마, 영부인께서 행차하신 것이다.

"하하하! 어머님, 잘 먹겠습니다."

"호호호! 고맙습니다, 여사님!"

직원들이 오금숙 여사에게 인사를 하면 케이크 등 음식을 먹기 시작했다.

이미 오금숙 여사는 대통령 영부인답게 이곳에서 생일파티를 하기 전에 떡을 한 가마쯤 싸와서 병원 전체에 돌렸다.

물론, 박예원은 오금숙 여사가 떡을 돌리든, 빵을 돌리든 전혀 관심이 없었다.

오로지 김완!

술 취한 순진한 여학생을 여관으로 납치해 성폭행한 이 전자 발찌를 채워야 될 놈이 궁금할 뿐이었다.

"왔다― 울 앤!"

케이크를 손에 든 채 식당 입구를 쳐다보던 박예원의 입꼬리가 길게 찢어졌다.

"서민희! 언니가 뭐라 했지?"

"정말… 왔네? 완이가 왔어!"

박예원이 가을 하늘만큼이나 해맑은 웃음을 지었고 서민희는 믿어지지 않는 듯 눈을 껌뻑거렸다.

…….

한순간, 웅성거리던 직원 식당이 조용해졌다.

차박차박!

식탁에 앉아 식사를 하던 병원 직원들이 일제히 박예원 쪽 테이블을 향해 걸어오는 김완을 쳐다봤다.

김완의 화려한 차림새와 준수한 외모가 소독약 냄새와 퀴퀴한 음식 냄새가 뒤섞인 대학병원의 식당과는 전혀 어울리지 않았기 때문이다.

영화배우 아님 모델?

오늘 김완은 넥타이 대신 연두색 스카프를 매고 황토색 더블 재킷을 걸친 아주 잘 나가는 연예인이었다.

"햐야― 죽여준다, 울 앤!"

"진짜? 진짜? 옛날보다 훨 멋있어졌어. 완전 그림이야!"

박예원과 서민희가 빨간 장미 꽃다발을 든 채 다가오는 김완을 보며 감탄사를 터뜨렸다.

김완이 박예원 등이 앉아 있는 테이블 쪽으로 십여 미터나 걸어 왔을까?

팟!

박예원이 원더우먼처럼 날아가 김완의 품에 안기며 격정적인 키스를 했다.

서민희나 오금숙 여사가 말리고 자시고 할 틈도 없었다.

그야말로 여자 우사인 볼트였다.

"······!"

지켜보던 병원 직원들의 눈이 커질 수 있을 만큼 커졌다.

"우와아아아!"

삑삑삑― 짝짝짝!

직원들이 일제히 탄성을 터뜨리며 휘파람과 함께 서울대병원이 떠날 갈 만큼 박수를 쳐댔다.

"세상에 골프황제 김완 선수잖아?! 박예원 선생 앤이었어?"

"넘넘 잘생겼다. 탤런트야, 탤런트!"

"이열, 완전 쩐다."

직원들의 부러움과 질시가 뒤섞인 환호가 이어졌고.

"최, 최 비서! 요즘 애들은 남자하고 이런 식당에서 뽀뽀도 하고 그러나?"

오금숙 여사가 기가 막힌 표정으로 말을 더듬은 것은 그 다음이었다.

"후후! 그럼요. 전 국민이 지켜보는 텔레비전에 나와서도 해요. 여사님!"

최 비서가 부러운 눈초리로 김완과 박예원을 쳐다본 후 웃으면서 대답했다.

"그래— 세상이 달라졌으니까 그럴 수도 있겠지! 근데 민희야? 저 잘생긴 청년 진짜 예원이 애인이냐?"

"히이……. 애인보다는 쪼금 멀고 남친보단 약간 가까운 그런 사이예요."

오금숙 여사가 수상한 듯 김완의 신분을 대놓고 물어보자 서민희가 아주 형이상학적인 대답을 했다.

"애인보다는 조금 멀고 남친보다는 약간 가까운 사이라? 꽤 어려운 사이구만! 근데 저 친구 어디서 많이 본 것 같은데 낯이 익어."

"우후후 여사님도! 김완 선수예요. 골프황제 김완!"

"골.프.황.제. 김.완?"

최 비서가 답답한듯 간단히 김완의 정체를 밝히자 오금숙 여사의 큼직한 눈이 실처럼 가늘어졌다.

"골프황제 김완이라구? 맞아! 작년에 청와대에서 만났어. 차도 한잔 마셨고!"

김완은 프로 골퍼로써 마스터스 대회등 메이저 대회 5승을 올렸을 때 청와대에 들어가 대통령으로부터 체육훈장

청룡장(靑龍障)을 수여받았다.

대한민국의 위상을 세계만방에 떨친 공로였다.

청룡장은 체육훈장 중에 으뜸이었다.

"후-우……. 인사해. 울 엄마!"

"안녕하셨습니까 여사님! 전에 청와대에서 뵈었죠?"

박예원이 김완의 손을 잡은 채 오금숙 여사에게 인사를 시키자 김완이 장미 꽃다발을 박예원에게 넘겨주며 공손하게 허리를 접었다.

"그래 그래! 반갑네, 반가워! 바쁠 텐데 예원이 때문에 많이 피곤하겠군. 별로 하고 싶지 않은 뽀뽀도 해야 되고 말이야."

"하하, 어머님도 원……."

"정말 보고 싶었어. 완이야!"

오금숙 여사가 의미심장한 말을 흘리며 뭔가 더 캐려고 하자 눈치 빠른 서민희가 재빨리 끼어들었다.

"인터생활이 힘들다고 하더니 아닌가 보네. 민희, 너 엄청 예뻐졌다!"

"저, 정말?"

실은, 서민희가 박예원보다 먼저 김완을 찍었다.

서민희가 김완에게 반해 친구인 박예원에게 소개하자 박예원이 선방을 날려 〈서울패〉까지 잠입해 김완을 낚아챘던 것이다.

김완의 주위에 일개 대대쯤 되는 기쁨조가 있다는 사실은 며칠 뒤에서야 알았고!

"됐네, 이 사람아! 남의 여자 신경 쓰지 말고 자네 앤이나 챙겨. 안 줘? 생일 선물!"

박예원이 뱁새눈으로 서민희를 흘기며 김완에게 손을 내밀었다.

"어이구, 자! 니가 보고 싶다던 명성황후 뮤지컬 티켓이다."

김완이 봉투 하나를 박예원의 손위에 올려놓았다.

"애개개! 돈을 차떼기로 번다는 골프황제가 겨우 이거야?"

"이건 극장에 들어가서 먹을 팝콘값이고!"

김완이 봉투 하나를 더 박예원에게 건넸다.

"팝콘값?!"

봉투를 펼쳐 보던 박예원의 얼굴이 활짝 폈다.

"이제 맘에 들어?"

"히히힛! 그럼 천만 원이면 팝콘을 실컷 먹을 수 있지!"

"처, 천만 원?? 자네 너무 과용하는 거……."

"엄마! 서민희! 사랑하는 동료 여러분! 울 앤이랑 뮤지컬 보고 올게요!"

박예원이 급히 오금숙 여사의 말을 자르며 김완의 팔짱을 낀 채 잽싸게 식당을 빠져나갔다.

"끄응!"

오금숙 여사가 신음을 토하며 의자에 주저앉았다.

"최 비서!"

"예 여사님!"

"딱 일주일 줄게. 저 김완이란 친구에 대해서 샅샅이 알아봐."

"알겠습니다. 여사님!"

"아, 알아봐서 어쩌시려구요, 어머님?"

서민희가 근심 어린 표정으로 오금숙 여사에게 물었다.

"민희 너도 잘 알지만 예원이는 아무리 좋아하는 남자가 있어도 저렇게 행동을 하는 녀석이 아니야. 공개적인 장소에서 뽀뽀를 할 정도라면……. 완전히 저 녀석에게 맛이 갔어. 같이 잠을 자도 수십 번은 잤을 거고!"

"……!"

오금숙 여사가 인생의 산전수전을 모조리 겪은 맹장답게 단숨에 김완과 박예원의 사이를 꿰었다.

"내 말에 틀린 점이 있으면 지적해 보거라, 민희야!"

"그, 그렇게 많이 틀리지는 않으셨어요."

"굼벵이도 구르는 재주가 있다더니 지지배가 남자 보는

눈은 있네."

"……?"

"저 김완이라는 녀석 두 번 보니까 더 매력적이야. 내가 이십 년만 젊었어도 그냥 들이댔을 텐데 오호호호!"

오금숙 여사의 농에 민희는 슬쩍 쑥스러운 표정을 지으며 대답했다.

"어머님도……."

"오냐! 박예원이는 누가 뭐래도 서울대학교 의대 출신에 이 나라 대통령 딸이다. 신랑감이 저 녀석 정도는 돼야지 암!"

"지당하신 말씀이에요. 어머님! 근데 경쟁자가 너무 많은 게 좀 걸려요."

"문무를 겸비한 우리나라 최고의 스타신데 어련하시겠니? 좋다! 최대한 빨리 날을 잡아야겠구나."

"날을 잡으신다는 말씀은……?"

"무슨 수를 쓰든 결혼을 시켜야지. 내가 이래봬도 대한민국 대통령도 만든 사람이다. 두 눈을 시퍼렇게 뜨고 딸년이 좋아하는 녀석을 남에게 뺏길 수야 없지!"

"……."

대통령 영부인 오금숙 여사!

많은 사람들은 국회의원이었던 박두성 의원이 대통령이

을 들고 말았다.

당연한 수순으로 두 사람의 결혼식은 파토가 났고, 김완은 곧바로 일본으로 건너가 프로 골퍼가 됐다.

며칠 후 〈영화배우 신채린 자살 미수 사건〉이 터졌고!

박예원도 이 사건의 깊은 내막은 몰랐어도 결론은 명확히 알고 있었기에 넌지시 말을 던졌던 것이다.

"왜 그때 아기가 안 생겼을까? 너랑 꽤 여러 번 같이 잔 것 같은데."

"……!"

박예원이 포스터가 덕지덕지 붙어 있는 소극상 앞의 벤치에 주저앉으며 다시 비수 같은 말을 뱉었다.

"오늘 고백하지만 난 그때 아기를 가졌으면 했었어. 아기가 생기면 우린 어쩔 수 없이 결혼해야 되잖아? 뭐, 할머니들도 손주 며느리가 예비의사라면 싫어하진 않으셨을 거야. 완이가 사시에 붙었을 때니까 검사나 그런 사람이 되면 살림은 할 수 있었을 테고!"

"……."

"검사 남편과 의사 부인. 괜찮지?"

"예원아!"

"아아! 너한테 부담주려고 하는 말 아니야. 내 희망 사항이었으니까!"

박예원의 유난히 빛나는 눈 속에서 뭔가 반짝였다.

눈물 같았다.

"솔직히 말하면 난 그때가 그리워. 여관이 떠나가라 빽빽 소리치고…… . 아무리 잊으려 해도 안 돼. 머리는 자꾸 잊으라고 시키지만 몸은 아니야. 난 너랑 섹스를 하고 싶어서라도 꼭 결혼하고 말거야."

박예원이 살며시 김완의 품에 안겼다.

"내 눈 봐봐! 보이지? 박예원이가 품고 있는 김완이라는 남자에 대한 사랑!"

"박예원…… ."

"이것만은 꼭 기억해둬. 난 죽는 그날까지 널 포기하지 않아."

박예원이 벌떡 일어섰다.

"이 스물다섯 번째 생일. 영원히 잊지 못할 거야. 네가 날 싫어하지 않는다는 것을 새삼 확인했으니까!"

쪽!

박예원이 물기 어린 눈으로 김완에게 키스를 했다.

그리고 눈물을 보여주기 싫은지 후다닥 뛰어갔다.

"그리고… 전화 좀 꼭 받아! 맹추야."

박예원이 다시 몸을 돌리며 손을 흔들었다.

"푸하―"

김완이 그대로 벤치에 누워버렸다.

빙긋!

눈물을 보이며 뛰어가던 박예원의 눈에 눈물 대신 미소가 매달렸다.

'흥! 낚였지? 봤나 신채린! 너만 배운 줄 알아? 나도 연기가 좀 되는 사람이야.'

박예원이 벤치에 쓰러져 있는 김완을 힐끗 째렸다.

'두고 보자고! 저 웬수가 누구랑 결혼식장에 들어가는지……'

오노독!

박예원이 이빨을 갈았다.

김완은 이빨이 갈렸다.

김완은 타이거 우즈를 제치고 골프의 황제로 등극하면서 모든 일에 자신이 있었다.

돈도 명예도 원하는 만큼 얻을 수 있다는 확신이 생겼고 또 그 길을 착착 밟아갔다.

딱 한 가지!

여자 문제만큼은 손을 들었다.

박예원만 해도 그랬다.

신채린과 같이 살다시피 할 때였다.

당연히 박예원이 술에 취해 유혹을 했어도 참아야 했고
또 참을 수 있을 것 같았지만 도무지 고추란 놈이 통제가
되질 않았다.

아니, 되레 신이 나서 열심히 일을 했다. 박예원이 사흘
후에 깨어날 만큼.

또 저녁에는 신채린과 그 일을 했고!

여타 여자들과도 그렇게 엮였다.

마음은 선비였는데 몸은 짐승인 사람, 김완이었다.

신기한 것은 김완의 주위에 있는 모든 여자들이 김완의
몸이 성품과는 반대로 무시무시한 야수라는 사실을 잘 알
면서도 죽기 살기로 쫓아다녔다.

김완의 고추는 골프클럽과 더불어 또 하나의 막강한 무
기였다.

"킥킥!"

돌연, 김완이 벤치에 누워 실소를 흘렸다.

신채린과 박예원을 생각했더니 고추가 기다렸다는 듯 불
끈하고 텐트를 쳤던 것이다.

한숨을 푹푹 쉬고 있는 이때 김완의 의지와는 전혀 상관
없이!

어휴휴! 대체 얘는 뭘 먹었기에 틈만 나면 이럴까!

당사자는 몰랐지만 김완의 고추는 중조모, 둘째 할머니

인 석초란 여사가 만든 필생의 역작이었다.

히말라야의 금(金)이라는 동충하초(冬蟲夏草).

신(神)의 약초라는 산삼(山蔘).

버섯중에 황제라는 상황(桑皇).

살아 있는 영약이라는 백사(白蛇).

이 네 가지 영물을 기본으로 해서 석초란 여사가 만든 비방의 강장제.

그 옛날 고대 황제들조차 쉽게 대할 수 없는 이 보약을 김완은 젖을 떼기도 전에 복용을 시작해 지금까지도 입에 달고 살았다.

그 결과 김완은 지칠 줄 모르는 체력과 시들지 않는 고추를 갖게 됐다는 것은 아는 사람들만 아는 이야기다.

*　　　*　　　*

둥둥둥!

덤프 트럭만 한 모터사이클이 김완이 누워 있는 벤치 앞에서 멈췄다.

"깡통이 밥 먹으러 오랜다."

"너 혼자 가!"

정중환이 김완에게 휴대폰을 던지며 말을 걸자 김완이

퉁명스럽게 대답했다.

"받아봐! 깡통이 너 좋아하는 생선초밥 만들어 놨대."

정중환이 단짝 친구답게 지금 김완의 기분이 최악이라는
것을 눈치채고 조심스럽게 말을 붙였다. 평소 김완이라면
갈비뼈가 부러져도 이토록 많은 사람들이 오가는 대학로
벤치에 퍼져 있을 사람이 절대 아니었다.

"나 못가— 직원들하고 먹어!"

김완이 휴대폰에 대고 소리를 지르는 동시에 휴대폰을
끊어버리고 다시 정중환에게 던졌다.

땡똥! 땡똥!

기다렸다는 듯 정중환의 휴대폰이 울어댔다.

"깡통이… 이쪽으로 오겠다는데?"

정중환이 휴대폰을 든 채 난감한 표정으로 김완을 쳐다
보며 말했다.

"이 여편네가 미쳤나! 못 간다면 못 가는 줄 알지, 왜 여
기까지 온대?"

김완이 눈꼬리를 치키며 벌떡 일어났다.

'윽! 저, 저 선배가 목청을 높이며 화를 낼 때가 다 있네?

정중환의 모터사이클 뒤에 타고 있던 황연주가 화들짝
놀랐다.

동시에 황연주의 얼굴에서 웃음이 삐져나왔다.

'여편네라는 말은 울 아빠가 엄마랑 부부싸움할 때 쓰는 전문용어인데?'

그리고 황연주는 궁금했다.

전범련 전국범생이연합회 의장이라는 소리를 들을 만큼 사람 좋은 김완이 거침없이 여편네라고 소리를 지르며 짜증을 내는 깡통라는 여자가 누굴까?

밤의 대통령 강혜경.

황연주는 꼭 한 시간 삼십 분 뒤에 강남의 유명한 룸사롱인 비버리힐즈의 사장 겸 마담인 강혜경의 별명이란 것을 확인할 수 있었다.

덥석!

정중환이 모터사이클에서 내려와 김완을 번쩍 들어 자신이 타고 있던 자리에 앉혔다.

"큭큭! 네 고질병이 도졌다. 이놈을 타고 강변도로를 달리면 열이 좀 내릴 거다."

"……."

"깡통이 나 전역했다구 한턱 쏜댄다. 네 병도 고칠 겸 가자. GO—"

철썩! 정중환이 김완의 등을 후려쳤다.

과아아아아앙!

김완이 탄 모터사이클이 폭탄처럼 대학로를 빠져나갔다.

바아아아앙!

황연주는 학창 시절부터 정중환의 모터사이클을 여러 번 타봤다.

한데 운전기사가 바뀌어서일까?

똑같은 모터사이클을 타는데 기분이 전혀 달랐다.

쿵쿵!

어느 순간, 김완의 등에서 타는 듯한 불기운이 솟아오르며 황연주의 복숭아만 한 가슴을 타고 번지더니 갑자기 심장을 미친 듯 뛰게 만들었다.

모터사이클 엔진 소리인지 심장 뛰는 소린지 도통 구분이 되지 않았다.

'이, 이대로 죽을래!'

황연주가 숨을 거칠게 몰아쉬며 있는 힘껏 김완의 허리를 껴안았다.

황연주는 김완의 허리에 매달린 지 딱 십 분 만에 홍콩이라는 나라에 도착했다.

생애 처음 오르가즘이라는 것을 경험했고!

퀸 호텔 뒷골목!

서울시 강남구 신사동 로터리에 가면 삼십일 층짜리 호텔 퀸이 있다.

아이러니하게도 사람들에게는 이 특급 호텔 퀸보다 퀸 호텔 뒷골목이 더 많이 알려져 있었다.

언제부턴가 퀸 호텔 뒷골목에 술집과 나이트클럽이 하나둘씩 생기기 시작하더니 지금은 물 좋기로 소문난 환타지아 나이트클럽을 필두로 십여 개 클럽이 성업 중이었고 비버리힐즈를 비롯한 초호화판 룸살롱들이 즐비했다.

여타 술집이나 음식점은 헤아릴 수 없이 많았고!

이 퀸 호텔 뒷골목이 결정적으로 유명해진 것은 지금으로부터 꼭 십 년 전 전국 일짱이라는 십대 소년 두 명과 강남 일대 유흥가를 장악하고 있던 아흔아홉 명의 조직폭력배 세칭 강남파와 붙은 심야의 혈투 덕분이었다.

이 99 대 2의 싸움에서 아흔아홉 명의 강남파 조직원 전체가 단 한 명도 예외 없이 모조리 팔다리가 부러지거나 머리통이 깨졌다.

골목에서 풍기는 비릿한 피비린내가 무려 한 달 동안이나 계속됐다니, 이 싸움이 얼마나 살벌했는지 능히 짐작 할 수 있을 것이다.

지금도 인터넷 포털사이트에 들어가 99 대 2를 치면 잘

생긴 십대 소년 하나가 조폭에게 빼앗은 일본도를 귀신처럼 휘두르는 장면과 여드름이 덕지덕지 난 남산만 한 덩치의 소년이 250cc짜리 모터사이클을 집어던지는 동영상이 선명하게 뜬다.

둥둥둥!

퀸 호텔 뒷골목에서 벌어진 99 대 2의 혈투에서 승리한 주역 중 한 사람이 실로 오랜만에 퀸 호텔 후문 쪽에 자리 잡은 비버리힐즈 룸살롱의 지하 주차장에 도착했다.

덤프트럭만 한 모터사이클 꽁무니에 귀엽게 생긴 아가씨 한 명을 매단 채 대학로를 떠난 지 한 시간 반이 지난 뒤였다.

'비, 비버리힐즈 룸살롱??'

황연주가 김완이 운전하는 모터사이클이 비버리힐즈 룸살롱의 지하주차장에서 엔진이 꺼졌을 때 간신히 홍콩이란 나라에서 떠나 인천공항에 내렸다.

'조, 조째근 선배가 얘기했던 그 룸살롱이네! 근데 내가 어떻게 여기까지 왔지?'

황연주는 아직도 김완의 몸에서 뿜어져 나오는 가공할 수컷의 체취에 취한 채 헤매고 있었다.

"오랜만에 뵙겠습니다. 전무님!"

"흭!"

꿈속을 헤매던 황연주가 김완에게 정중하게 인사를 하는 검은 양복을 걸친 삼십대 사내를 보고 퍼뜩 정신이 들었다.

빡빡머리에 안대를 찬 애꾸눈에 키와 어깨 넓이가 똑같은 땅딸이.

비버리힐즈의 경비 책임자 무 실장이었다.

"하하! 오랜만이네요. 무 실장님!"

김완이 헬멧을 벗으며 인사를 받았다.

모터사이클을 타고 강변도로를 미친 듯이 달려 미사리까지 갔다가 돌아와서 그런지 김완의 목소리가 아까와는 많이 다르게 아주 부드러웠다.

"당신… 무슨 일 있었어요?"

"일은 무슨?"

단아한 쪽진 머리에 연두색 한복을 입은 하늘하늘한 체구의 여성.

언뜻 보면 십대 소녀처럼 보이는 절대 동안의 소유자 비버리힐즈 사장 겸 마담인 강혜경이 볼우물이 깊게 파인 얼굴에 근심을 가득 담고 헬멧을 받아들었다.

'지난번 PGA 챔피언십 4라운드에서 김완선배가 아깝게 우승을 놓칠 때 현장에 있었던 그 여자다. 목도리로 흙을 털어주던……'

이제 황연주는 홍콩이란 나라에서 완전히 돌아와 한국

서울시 강남에 도착해 있었다.

"그, 근데 아까 전화 받는 당신 목소리가…… 생전 안 타던 모터사이클을 다 타구?!"

강혜경이 금방이라도 울 듯한 얼굴로 말했다.

황연주는 금방이라도 소리를 지를 듯한 표정으로 변했고!

'이거 룸살롱에서 미성년자를 고용해도 되는 거야? 이 여자 아무리 봐줘도 고딩인데!'

황연주는 방송사 PD였지만 99 대 2의 동영상을 보지 못했다.

강혜경은 올해 PGA챔피언십 4라운드가 열리는 현장에도 있었지만, 그 심야의 혈투 현장에도 있었다. 그때 나이 스물셋이었다.

그럼 십 년이 흐른 현재는 몇 살일까?

"하하! 중환이가 내 고질병이 도졌다고, 당신한테 가서 고치래."

"아이이— 당신은…… 빨리 들어가요. 여보!"

갑자기 강혜경이 얼굴을 확 붉히며 김완의 손을 꼭 잡았다.

"전무님 많이 피곤하신 봐요. 내실에서 잠깐 쉬고 나오실 테니까 무 실장이 중환 씨 하고 여기 숙녀분 좀 모시세요."

"옛! 사장님!"

강혜경이 헬멧을 무 실장에게 건네주며 앳된 소녀 같은 목소리로 말했다.

이어 황연주에게 공손하게 머리를 숙였다.

황연주가 얼떨결에 강혜경과 같이 머리를 숙여 인사를 했다.

'여보? 당신? 진짜 이 여자 뭐야? 뭐냐구? 선배 와이프야, 세컨드야?'

동시에 황연주의 가슴속에서 정체를 알 수 없는 불꽃이 치밀어 올라왔다.

"저를 따라오시죠 아가씨―"

그때, 무 실장이 공손하게 허리를 접었다.

연건평 오백 평쯤 되는 오층 건물에 대형 룸이 오십 개나 되는 이 비버리힐즈 룸살롱은, 그 시설과 도우미 아가씨들이 딱 고대 어느 나라의 왕궁이었다.

당연히 술값이 지독하게 비쌌고 손님들은 대한민국의 최상류층 인사들이었다.

덕분에 하룻밤 매상이 퀸 호텔 하루 수입과 맞먹었고 우리나라에서 좀 논다는 한량들 사이에서는 퀸 호텔보다 비버리힐즈 룸살롱이 훨씬 유명했다.

하지만 그 한량들도 이 비버리힐즈 룸살롱과 퀸 호텔, 환타지아 나이트클럽과 성인 오락실인 황금성이 모두 한 사람 소유라는 것을 아는 사람은 몇 명 안됐다.

더욱이 그 한 사람이 한국그룹 정영구 회장의 막내 아들이라는 것을 아는 사람은 두 명 아니면 세 명이었다.

"……."

'무슨 룸살롱이 이렇지?'

무 실장이 안내한 방은 황영주가 그동안 알고 있었던 그런 룸살롱 방이 아니었다.

이태리 대리석 탁자에 터키 은쟁반과 불란서 양주가 놓여 있고 러시아 산 캐비어와 발목까지 빠지는 페르시아 양탄자가 쫙 깔려 있는!

깨끗한 창호지가 발라진 장지문과 들기름 냄새가 솔솔 풍기는 한식 장판이 깔려 있고, 옻칠이 아주 잘된 큼직한 교자상과 함께 십장생도가 수놓인 방석이 놓여 있는 우리나라 전통 한옥의 그 안방이었다.

큼직한 세 개의 교자상 위에는 중식 일식 한식 양식이 골고루 차려져 있었는데, 땀내가 물씬 풍기는 얼룩무늬 군복을 걸친 사내가 교자상 하나를 통째로 차지한 채 허겁지겁 음식을 먹고 있었다.

이런 최고급 술집에서 땀 냄새를 풍기며 게다가 군복 차림으로 떡 하니 앉아 있는 사람은 둘 중 하나다.

주인이거나 생양아치거나!

지상 최강의 사내 정중환이었다.

"먹어! 니들 기다리다 굶어서 뒈지는 줄 알았다."

정중환이 팔보채 쟁반을 통째로 입속으로 옮기며 말했다.

"……?"

황연주가 반사적으로 손목에 차고 있던 시계를 쳐다봤다.

'뭐, 뭐지? 벌써 두 시간이 지났잖아?'

황연주는 김완이 운전하는 모터사이클에 매달려 대학로를 떠난 것까지 기억이 났다.

그 이후… 필름이 끊겼다.

황연주가 김완의 허리에 매달려 홍콩을 여행하고 있었던 시간이었다.

"눈치 볼 거 없어. 이 룸살롱 반은 내 거고 반은 완이 거야!"

"반은 내 거 반은 완이 거?!"

황연주가 정중환의 뜬금없는 말에 눈이 커졌다.

"꼬마 시절에 개구쟁이 짓을 째끔 하고 돌아다녔더니 울

대장이 퀸 호텔을 주더라구. 조건은 두 번 다시 대장한테
아버지라고 부르지 않는 거였구. 큭큭큭!"

"……!"

"그 옛날 아버지셨던 정영구 회장님께 이재를 물려받아
서 그런지 퀸 호텔이 돈이 됐어. 퀸 호텔에서 나오는 수입
으로 이 룸 싸롱하고 환타지아 클럽, 황금성까지 사들였으
니까!"

"화아아아! 진짜 우리 킹콩 오빠 부자였네?"

"말만 해! 여기 룸 몇 개 떼서 황연주 사무실로 개조해 준
다."

"해해해! 오빠 말을 들으니까 갑자기 여기가 우리 집처럼
느껴……."

힉!

황연주가 말을 하다 말고 돌연 마른 비명을 삼켰다.

마치 오줌을 지린 듯 자신의 바지가 축축했기 때문이다.

"여, 여기 화장실이 어디야? 킹콩 오빠!"

"나가서 오른쪽 복도 앞!"

황연주가 홍시처럼 얼굴을 붉힌 채 황급히 방을 나왔다.

'이, 이건 뭐야? 나 키 쓰고 소금 받으러 가야 돼? 오줌
싼 거야? 그런 거야?'

황연주가 자신이 뛸 수 있는 가장 속력으로 화장실에 들

어섰다.

'아후, 진짜······. 아무리 내가 좋아하는 선배 등에 매달려 있었다고 해도 그렇지 이게 뭐야? 팬티가 금방 물에서 건진 것 같잖아? 어떡해? 어쩌지?'

황연주가 얼굴이 붉어진 채 어쩔 줄 모르며 화장실 안을 둘러봤다.

화장실 한 켠에는 휴지부터 시작해 수건 비누 향수까지 놓여 있었고, 여성용 고급 팬티와 남성용 사각 팬티 심지어 콘돔 같은 피임기구까지 풀 세트로 구비돼 있었다.

역시 서울 강남의 최고급 술집다웠다.

경찰에 신고를 해야 되나?

황연주가 급히 바지를 벗고 팬티를 갈아입다가 고개를 갸우뚱했다.

"여보! 여보! 여보! 나 죽어요! 여보—"

누군가 목을 조르는 듯한 여자의 신음 소리가 금방이라도 화장실벽을 무너뜨릴 듯 들려왔기 때문이다.

"조용히 좀 해, 바보야! 강남경찰서 형사들까지 달려오겠어."

"죄, 죄송해요 여보! 당신 게··· 너무 좋아서 참으려고 해도··· 막 입이 열려요. 여보! 여보! 나 정말 죽어요 여보!"

"에휴! 나도 모르겠다. 내 집에서 내 여편네 내가 안는데 누가 시비 걸겠어?"

"네네— 여보! 그래요, 여보! 아이구! 여보! 난 당신 마누라……. 당신 마음대로 하세요. 당신이 자꾸 참으니까 스트레스가 쌓이고 기분이 나빠지는 거……. 여보! 여보! 나나나 갈 거 같……!"

이제 여자의 신음 소리가 화장실 벽을 넘어 바로 황연주 앞에서 들렸다.

황연주가 얼굴이 새빨갛게 변한 채 팬티를 붙잡고 엉거주춤 서 있었다.

실은, 황연주는 요즘엔 어디 기념관이나 가야 볼 수 있는 처녀였다.

대학교 이 학년 때 김완과 킹콩이 사라진 후 황연주는 공황장애를 일으켜 〈서울패〉 활동조차 접고 공부에만 매달렸다.

그 결과 오대 중앙 일간지 기자 시험과 삼대 메이저 방송사의 기자 PD 시험에 모조리 합격했다.

또 남자 경험이 전무한 천연기념물인 숫처녀로 남아 있을 수 있었고!

하지만 아무리 남자 경험이 없는 아가씨라 해도 지금 화장실 너머에서 생 라이브로 들려오는 여자의 신음성이 뭘 뜻하는지는 알 수 있었다.

게다가 남자의 음성은 자신이 오랫동안 짝사랑 해왔던 그 사내의 목소리였고.

　김완과 강혜경이 화장실 근처의 어떤 방에서 섹스를 하고 있었던 것이다.

　이 한낮에.

　황연주가 불거진 얼굴을 연신 문지르며 정중환이 있는 한식 방으로 다시 돌아왔다.

　"먹어! 완이 오려면 좀 걸릴 거야."

　정중환이 이미 김완의 스케줄을 꿰는 듯 교자상에 차려진 음식을 가리키며 말했다.

　"선배… 어디 갔어?"

　황연주가 짐짓 모르는 척 입을 열었다.

　"크크! 몇 주 만에 지 마누라 만났으니까 회포를 풀어야지?"

　"지, 지 마누라?! 신채린 선배, 동경으로 갔잖아?"

　"채린이? 채린이는 애인이지, 마누라 아냐. 완이 진짜 마누라는 바로 깡통이라구."

　"아후후! 실망이야, 실망……. 여자들이 여기저기 널려 있고! 김 선배 옛날에 내가 생각했던 그 사람이 아닌가 봐?"

"큭큭! 완이는 옛날이나 지금이나 똑같아. 니들이 오해를 했을 뿐이지."

"……!"

"세월이 좀 더 흐르면 완이를 이해할 때가 와. 우리와 많이 다른 피곤한 종족이거든!"

"무슨 말이야?"

"으흐흐! 정 궁금하면 완이랑 하룻밤 자봐. 당장 이해할 거야."

"키, 킹콩 오빠!?"

킹콩의 거침없는 말에 황연주가 도둑질하다가 들킨 사람처럼 화들짝 놀랐다.

똑똑!

노크 소리와 함께 양복을 말끔하게 차려 입고 서류가방을 든 세 명의 중년 신사들이 들어왔을 때, 그때서야 놀란 황연주의 심장이 제자리를 잡았다.

하지만 오 분 후에 황연주의 심장이 다시 튀어 나갔다.

"전역을 축하드립니다. 회장님!"

"그동안 고생 많이 하셨습니다. 회장님!"

"별 말씀을……."

중년 신사들이 허리를 깊숙이 접자 정중환이 가볍게 손을 들며 인사를 받았다.

'회, 회장님!?'

중년 신사들이 정중환을 부르는 칭호에 황연주가 당혹했다.

곧 정중환의 정체가 자신이 생각했던 저어어쩍 아래녁 어디 빈농의 아들이 아니라 재벌이세라는 것을 새삼 떠올렸다.

이 룸살롱 주인이며 퀸 호텔과 나이트클럽 사장이라는 것도!

스스슥!

정중환이 신사들이 내 놓은 서류를 살펴보며 능숙하게 사인을 했다.

"여기……."

뒤이어 신사 한 명이 정중환에게 두툼한 봉투 하나를 건넸다.

"얼마요?"

"30억입니다, 회장님!"

"20억입니다.

"우리는 올해 제법 수익이 좋았습니다. 40억입니다."

"수고들 하셨수. 가급적이면 빨리 날을 잡아보슈. 내 전역 기념으로 직원들하고 단합대회 한번 갑시다. 눈탱이가 밤탱이가 되도록 놀아보자구요."

"하아— 고맙습니다. 회장님!"

"즉시 연락드리겠습니다. 회장님!"

"곧 뭉칩시다."

세 명의 중년 신사들이 두툼한 봉투를 정중환에게 건넨 후 거의 코가 땅바닥에 닿을 만큼 허리를 굽힌 후 방을 나 갔다.

"쿵! 100억을 채우려고 했는데 좀 부족하네."

정중환이 봉투를 살펴보며 얼굴을 찌푸렸다.

"흑!"

황연주가 100억이란 액수를 듣는 순간 마른 비명을 토했 다.

사실, 황연주는 몇 년 전 까지만 해도 돈에 대한 개념이 전무했다.

골프장을 다섯 개나 갖고 있는 부자 아빠를 둔 덕에 대학 사년 동안 알바 한번 하지 않았다.

부자 아빠는 공부를 눈부시게 잘하고 착하기 짝이 없는 둘째 딸에게 거의 무제한의 배팅을 했다.

부자 아빠의 소원은 돈이 아니라 서울대학생 아빠가 되 는 것 이었다.

황연주가 그 소원을 가볍게 풀어줬고 부자 아빠는 서울 대학생인 황연주에게 엄마 몰래 용돈을 왕창 줬다. 엄마는 또 아빠 몰래 용돈을 줬고!

황연주는 대학교를 졸업하고 방송사에 들어와서야 돈 벌기가 얼마나 어렵고 힘든지 깨닫게 됐고 돈에 대한 개념이 섰다.

날밤 새우는 것을 밥 먹듯 하고 〈힐링〉의 수당까지 합쳐 받은 작년 연봉이 딱 4,200만 원. 이것저것 떼고 나니까 꼭 3,500만 원이 남았다.

대학교 다닐 때 아빠 엄마가 몰래주던 용돈과 거의 비슷한 액수였다.

더욱 기가 막힌 것은 황연주가 받은 연봉이 우리나라 새내기 사회인들이 받는 연봉 가운데 상위그룹에 속한다는 사실이었다.

한데, 자신이 우유와 빵을 먹여 키운(?) 정중환이 어느 날 갑자기 등장해서 백억이 어쩌고 했으니 비명이 터질 수밖에!

"여기 20억이에요, 중환 씨!"

한복을 예쁘게 차려 입은 강혜경이 봉투 하나를 들고 조용히 들어왔다.

"무슨 돈이야 깡통?"

"전에 제게 맡기셨던 거……. 아직 이자는 결산이 안됐어요."

"그래? 마침 잘됐네."

정중환이 봉투를 받아 들다가 문득 강혜경의 얼굴을 쳐다봤다.

"큭! 신랑이 좋긴 좋구나. 깡통 얼굴이 완전 봄날이야. 삼십분 전까지만 해도 거의 시체더니!"

'지, 진짜야! 금방 한증막에서 나온 얼굴이잖아? 얼마나 소리를 질렀으면 목소리까지 허스키하게 변했을까?'

정중환이 새빨갛게 변한 강혜경의 얼굴을 쳐다보며 한소리 하자 황연주가 동의했다.

"윽!"

강혜경이 정중환을 살짝 꼬집었다.

"야야, 깡통! 거울이나 보고 꼬집어. 무슨 운동을 그렇게 열심히 했기에 아직도 얼굴에서 땀이 삐질삐질나냐구?"

"힝…… 자꾸 놀리면 아가씨 소개시켜 주지 않을 거예요?"

"아이구 예예! 소인이 잘못했습니다."

"……!"

찰나, 황연주가 새침한 표정을 짓는 강혜경을 쳐다보며 입을 딱 벌렸다.

'이, 이 여자 남자 여럿 잡겠다! 삐진 척 살짝 얼굴을 돌

리니까 지독하게 귀여운 소녀가 튀어나와? 완전 팔색조 같
은 여자야!'

황연주가 비슷하게나마 밤의 대통령 강혜경의 정체를 눈
치챘다.

서울하고도 강남에서 최고급 룸살롱을 경영하는 여자.

룸살롱에서 번 돈으로 사채업까지 뛰어들어 엄청난 돈을
쓸어 담고 있는 여자.

어릴 때부터 평범한 여자들은 감히 상상도 못할 만큼 험
한 길을 걸어왔던 강혜경은 팔색조가 아니라 천의 얼굴을
가진 여자였다.

"어후— 배고프다."

그때 특유의 부러운 음성과 함께 김완이 트레이닝복을
걸친 채 들어왔다.

'우씨 짱나네! 어떻게 트레이닝복에 슬리퍼를 신었는데
도 멋있대? 저 선배는…….'

김완을 쳐다 본 황연주가 또다시 눈이 풀리기 시작했
다.

"잠깐만요, 여보! 음식들이 많이 식었어요. 좀 데워올게
요."

"알았어."

"몇 분 안 걸리니까 조금만 계세요, 여보!"

강혜경이 큼직한 쟁반에 음식들을 주섬주섬 챙겼다.

"110억이다."

정중환이 기다렸다는듯 중년 신사들과 강혜경에게 받은 봉투들을 김완 앞에 밀어놨다

"110억 원? 뭐야, 이게?"

"(주)SK1 지분. 네 거든 채린이 거든 돈만큼 줘!"

"하하! 결심한 거야?"

"오냐! 니들하고 일을 해야 대장이 나를 이라크로 날려 보내지 못할 것 같다.

"잘 생각했어. 리나도 리나지만 나도 아버님께 말씀 드릴 게!"

"OK—"

"하하……. 중환이가 어려운 결정을 했네?"

김완이 예의 사람 좋은 웃음을 터뜨리며 강혜경을 쳐다 봤다.

"원 상무님을 모실까요, 여보?"

강혜경이 마치 김완의 머릿속에 들어 있는 뇌처럼 김완의 의중을 읽었다.

"웅! 김 부장님하고 이 상무님도 뵙자고 해. 오 변호사님도 좀 오시라고 하고."

"네에! 여보."

강혜경이 공손하게 대답을 하고 쟁반을 든 채 조용히 몸을 돌렸다.

　"우리 (주)SK1에 오신 것을 진심으로 환영합니다, 정 회장님!"

　김완이 활짝 웃으며 자리에서 일어나 손을 내밀었다.

　"큭큭! 회장 자리를 주는 거냐?"

　정중환이 굳게 손을 잡았다.

　"그래! 이왕이면 (주)SK1의 대표를 맡아. 리나가 연예인 신분으로 대표이사를 맡기가 좀 그런가 봐. 그렇다고 골프 선수인 내가 맡을 수도 없구……."

　"알았어. 110억 중에서 100억은 내 명의로 하고 10억은 빵순이 명의로 해!"

　"오케이. 오 변호사님 오실 테니까 말씀 드려."

　김완과 정중환이 나직하게 대화를 나눴다.

　"무, 무슨말이야 킹콩오빠! 10억을 왜 내 이름으로 한다는 거야?"

　황연주가 정중환의 말에 화들짝 놀라며 끼어들었다.

　"옛날에 얻어먹은 빵값이다."

　"아호— 킹콩 오빠는 생뚱맞게 무슨 빵값이야?! 게다가 10억씩이나……."

　"됐어, 임마! 언젠가 꼭 갚고 싶었다. 내가 널 여기까지 데리고 온 이유고!"

서울대 나온 여자 황연주는 아무도 설명해 주지 않았지만 수원에서부터 김완, 정중환, 신채린이 나눈 대화를 들었기에 쉽게 상황을 파악했다.

정중환이 (주)SK1의 임원을 맡기로 결정하고 김완과 신채린이 보유하고 있는 (주)SK1의 주식 110억 원 어치를 매입하려는 것이다.

그 과정에서 황연주에게 얻어먹은 빵값으로 10억 원을 (주)SK1 주식으로 지불하고!

갑자기 황연주는 로또 맞은 느낌이 들었다.

그리고 정중환이 재벌이세라는 것을 확실히 깨달았다.

저어어짝 아랫녘 빈농의 아들은 110억이라는 돈을 이토록 쉽게 동원하지 못한다.

빵값으로 10억씩 지불할 수도 없고!

지독하게 비싼 빵값이었다.

"여긴 음식 냄새가 너무나요 여보! 자리를 잠깐 옮기세요."

"그래. 당신 방으로 가자!"

강혜경이 들어오면서 김완에게 사근사근하게 말하자 김완이 서슴없이 일어섰다.

"……!"

황연주는 조재근 기자가 자신이 김완이라면 무조건 강혜경하고 결혼하겠다고 말한 이유를 이제서야 알았다.

강혜경은 신채린과 근본적으로 다른 여자였다.

김완에게 신채린이 친구 같은 여자라면 강혜경은 충직한 시녀 같은 여자였다.

김완의 머릿속에 든 뇌, 입속에 든 혀 같은 여자가 바로 강혜경이었다.

더불어 아늑한 사무실로 자리를 옮겼을 때 황연주는 김완이 정중환 같은 재벌 이세가 아니라 아예 재벌이라는 사실을 확인했다.

김완은 (주)SK1뿐 아니라 여러 개 회사를 갖고 있었고 투자를 하고 있었는데 특히 김완이 90%의 지분을 갖고 있다는 (주)MEGSAKO(멕사코)!

멕시코만에서 원유탐사를 한다는 이 회사 임원이 들어와 수백억 배럴의 원유를 찾아냈다는 낭보를 전했을 때 황연주는 더 이상 할 말이 없었다.

김완은 골프에서 벌어들인 자금을 기반으로 눈덩이처럼 돈을 불리고 있었던 것이다.

물론, 며칠 후에 큰할머니가 주는 밍크코트값에 비하면 새발에 피였지만!

이제 골프황제 김완은 세 가지 막강한 무기를 장착했다.

골프클럽, 황금 그리고 고추.

이제 이를 두고 한 판을 벌릴 김완이었다.

『세계 유일의 남자』 2권에 계속…

ALCHEMIST
알케미스트

FUSION FANTASTIC STORY   시이람 장편 소설

2013년, 또 하나의 현대물이 깨어난다.
현대에서 펼쳐지는 연금마법진의 진수!

인간 최초의 9서클을 이룩한 마법사 아스란.
죽음의 위기에서 그가 남긴 유지가
차원을 넘어 지구에 떨어진다.

일리미트 비블리어시카(Illimite bibliotheca)!

그 무한한 힘과 지식을 얻게 된 김창준.
3년 전으로 돌아간 날을 기점으로,
삶이, 인생이, 그의 희망이 바뀐다!

현대에 강림한 진정한 마법사의 전설!
끝도 없이 세상을 향해 날개를 펼치다!

Book Publishing CHUNGEORAM

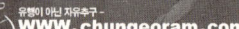

유행이 아닌 자유추구 -
WWW.chungeoram.com

獨步行

독보행

임영기 新무협 판타지 소설

FANTASTIC ORIENTAL HEROES

그날, 심산유곡에서 수련하던
한 명의 소년이 강호로 내려왔다.

모든 이가 소년을 비웃고,
모든 무사가 그를 깔봤다.

소년은 흔들리지 않는다.

"이 천하를 독보(獨步)하리라!"

한번 시작한 걸음, 결코 멈추지 않으리라.
천하여! 무림이여!
대무영(大武英)이 간다!

Book Publishing CHUNGEORAM

www.chungeoram.com

무정철협

월인 新무협 판타지 소설

FANTASTIC ORIENTAL HEROES

「두령」, 「사마쌍협」, 「장홍관일」의 작가 월인
2013년 벽두를 여는 신무협이 온다!

삭초제근(削草制根)!
일단 손을 쓰면 뿌리까지 뽑아버렸다.

무정(無情)!
검을 들면 더 이상 정을 논하지 않았다.

그래서 나는 무정철협이 되었다.

진정한 협(俠)을 아는가!
여기 철혈의 사내 이한성이 있다!

「무정철협」

Book Publishing CHUNGEORAM

까불지마!

FUSION FANTASTIC STORY

무람 장편 소설

『태클 걸지 마!』 의 무람 작가가
풀어내는 신개념 현대판타지 소설!

24살의 대한민국 청년, 강태영
타고난 병으로 인해 온몸의 근육이 힘을 잃어가는 그가 부모마저 잃었다!

"제기랄! 이 빌어먹을 몸뚱이!"

좌절하여 모든 걸 포기하려던 바로 그날.

쫘르르릉! 번쩍!
강태영을 향해 떨어진 푸른 날벼락.
그리고 그가 눈을 떴을 때
그를 기다리고 있는 것은……

날 비참하게 만들던 세상이여
더 이상 까불지 마라!

Book Publishing CHUNGEORAM

유행이 아닌 자유추구 -
WWW.chungeoram.com

ALCHEMIST
알케미스트

FUSION FANTASTIC STORY 시이람 장편 소설

2013년, 또 하나의 현대물이 깨어난다.
현대에서 펼쳐지는 연금마법진의 진수!

인간 최초의 9서클을 이룩한 마법사 아스란.
죽음의 위기에서 그가 남긴 유지가
차원을 넘어 지구에 떨어진다.

일리미트 비블리어시카(Illimite bibliotheca)!

그 무한한 힘과 지식을 얻게 된 김창준.
3년 전으로 돌아간 날을 기점으로,
삶이, 인생이, 그의 희망이 바뀐다!

현대에 강림한 진정한 마법사의 전설!
끝도 없이 세상을 향해 날개를 펼치다!

Book Publishing CHUNGEORAM

유행이 아닌 자유추구 -
WWW.chungeoram.com